私の祖父の息子

殿谷みな子

れんが書房新社

私の祖父の息子

私の祖父の息子＊目次

序章

窓の外にはすみきった青い空がひろがっていた。都会の空とはちがって埃や排気ガスのもやが全くかかっていない均質な初夏の空。

「このままショウテンさせてくれ……」

父の声がした。振り向くと、青い血管のういた枯枝のような人差し指が病室の天井に向けられている。指は細長い蛍光灯をさしているけれど、父は天井をつきぬけたあの青い空のことをいっているのだろう。「昇天」という言葉が私の頭にうかんだ。

やれやれ、と私は思った。足の点滴も抜いてしまうし、着替えをさせようとする看護師さんの手も払いのける。ほっといてくれ、と父はいいたいのだろう。シーツにくるんで両手で抱きかかえ、力を加えればバリバリと音をたてて骨ごと崩れてしまいそうなほど痩せて、父はベッドに横たわっている。

二月までは午前中だけ白衣を着て、ごくたまにやってくる患者さんを診たり薬を出したりしていたのだが、三月ごろから食物をうまくのみこめなくなり、のみこんでも噎《む》せることが多くなって、四月になると食欲もおちた。車で二十分ほどの場所で医院を開業している私の兄がたびたび訪れて同居をすすめてみたが、父は自分の医院を頑として動こうとしない。以前はお手伝いさんが朝八時半にくると、たいていもう起きていたのに、まだ自室のベッドで寝ていて起きてこない日がつづき、一日の大半を寝て過すことが多くなっていた。お正月に父のようすを見るため医院のある徳島県南の日和佐町（現美波町）に帰省した私も、父のかるい嚥下障害には気づいていて、ずっと不安を感じていた。

兄は半ば強引に八十九歳の父を自宅に引きとり、しばらくして設備のととのった阿南市の病院に入院させたのだ。だが、父の頭の中ではその経緯は濃いもやの中でのできごとだったようで、自分ではまだ自宅のベッドにいると思っているらしい。

「少し枇杷の果汁でものんでみますか？」

宿にしている小さなホテルのすぐ近くにスーパーマーケットがあって、病院に来る前に立ちよってみると丸々した大きな枇杷の実が七、八個も入って三百九十円という値段。さっそくそれを買って持ってきた。父は私がビニール袋から出したそのみずみずしい果実に食欲をそそられたようで、じっと枇杷を見ていたが、妙に素直に頷いた。新鮮な果汁は父の痩せほそった身体にビタミンやカリウムを運び、血管や細胞をほんのわずかでも潤すことになるだろう。しかし、うまくのみこめるだろうか。

入院直後に見舞いに来た時とくらべると、点滴や医師の適切な処置のおかげで血色はよくなり表情もおだやかになって、一時はごはんやみそ汁をほんの少し食べられるようになっていたものの、やはり嚥下障害は回復せず、食物をのみこむ時には細心の注意が必要なのだ。皮をむき、小さな器に入れてスプーンで果肉をすくいとり、それをスプーンの背でつぶしてほんの少量の果汁を絞りとると、私はいっそう不安になった。以前、スポーツ飲料をスプーンでのませた時、はげしく噎せて咳込んだことがあるからだ。あの時の父の苦しみようが甦ってくる。

「大丈夫?」

私が父の耳もとにかがみこんで訊ねると、父は頷いた。

「それじゃ、up《アップ》にします」

私はベッドの自動調節スイッチを押す。上半分がゆっくり上がりはじめる。父は寝巻の袖口から左腕をのばして、劇場の舞台監督のように上にむけた掌をゆっくり上下させ、「上へ」の合図をする。骨にうすい肉だけがはりついたように見える腕がむきだしになり、襟口ははだけて蝋で作ってあるようなあばら骨が見えている。ベッドの上部が六十度くらい傾くと、今度は掌をゆっくり翻して停止させ「ストップ」の合図をする。

以前、私はいちいち、

「ベッドを上げましょうか?　下げましょうか?」

と訊ねていたのだけれど、そんな言い方がわずらわしく思ったのだろう。ある時、

「お前、英語を知っているだろう、up, down と言え！」

と命令が下され、言い方が改良されたのである。

「はい、どうぞ」

私は上体を起した父の唇に果汁の入ったスプーンをおそるおそる持ってゆく。体に触れられることを極度にきらうので、髭を剃ることもできない。白い髭が顎に刺さったとげのように生えている。かわいて紫色になった唇がわずかにひらく。すえたような匂い。スプーンの先から果汁がゆっくりと流れる。ほんの朝露の二、三滴分。眉をしかめて父はそれを喉におさめようとする。とびだした喉仏が皺ごと動いて、枇杷の果汁は食道へ入ってゆくと思ったとたん、父の肩と顎がはげしくゆれた。父は眉も目も鼻も、その形がすっかり崩れてとけてしまうかと思われるほど顔をゆがめ、はげしく咳込む。私はあわてて背中をたたく。苛立った父は「エーイッ！」と声を出し、いっそう咳込む。入れ歯をはずしてある口を大きくあけて、あえぐ。私は額や腋の下から汗が吹き出すのを感じながら、父のとびでた、ぐりぐりした背骨のあたりをたたく。「エエイッ！」と父はまたどなって、私の手を力いっぱい払いのけようとする。

「無理なんだっ！　いっぺんに食べるのはっ！」

この身体のどこに、そんな大声を出す力がこもっているのだろう。父のかんしゃくが、久しぶりに炸裂する。私は何だかほっとする。父は、まだ大丈夫、生きている、と思う。

第一章

1

私がはじめて父を見たのは小学校一年の夏であった。いや、はじめて、というのは正確ではない。三歳まで私は兄や両親と父方の祖父の家で暮していたはずだから。ところが三歳までの父の記憶が私には全くといってよいほど、ない。母の記憶もぼんやりしている。いったい人は何歳くらいからの記憶を持つものなのだろう。

その頃、祖父の医院は徳島県南の那賀川中流にある鷲敷《わじき》町丹生（現那賀町仁宇）という小さな町にあった。産婦人科医である祖父は三度結婚し、母親のちがう十人の子供がいて、父は最初の妻の長男である。住宅を兼ねた医院は、元は農協だった建物で、二階には叔父や叔母がいたし、子守りの人やお手伝いさんもいる大家族であったから、両親の印象が薄かったのだろうか。

祖父と同じ産婦人科医だった父は、学位を取るため母校の日本医科大学に戻ることになり、妹を身ごもっていた母と共に上京することになった。父の研究は戦争で中断されたままになっていたのである。

両親が上京することになったので、私は三歳上の兄と共に母方の祖父母の家に預けられることになった。父は継母（祖父の三番目の妻）に私達を託すよりは母の実家に託すことをえらんだのだ。最初、母は兄だけを預ける予定で、私の荷物はこしらえてあったのだが、母は身重だったから祖母は大変だと思ったらしい。祖母の親心で私の荷物はほどかれてしまい、私も兄と共に残ることになった。

この頃、母方の祖父は日和佐町の水産高校校長を退職し、そのままこの町に住んでいたのだが、私と兄を預ってしばらくすると、妻の生れ故郷である名古屋近郊の大森に小さな文化住宅を見つけ、私と兄をつれて引越した。この時、私の叔母にあたる次女も一緒だったから、五人が二間の小さな住宅に移ったことになる。私と父が再会するのはそれから三年後、母校での研究生活を終え、学位を取得した父が福島県郡山の病院に勤めていた時で、夏休みだった兄と私は両親に会いに行くことになったのだ。

両親に久しぶりに会いに行くというので、祖母ははりきっていた。私におしゃれをさせようと考えたらしい。名古屋市内の問屋街のような所へ私をつれていった。祖母が入ったのは一軒の洋服問屋である。天井からたくさんの洋服が吊してあり、店の中にも足の踏み場もないほど洋服が積んであった。店の主人が洋服の山の中に体を埋めるように坐っている。祖母はギロリ

と店主を睨んで、

「この子の服を見せてくれんかね」

といった。祖母は何をするにもいつも命がけ、といった表情をする人で、人と会話をする時も食事のしたくをする時もどこか、必死、の気迫がみなぎっていた。それはたぶん、祖父と共に生きてきた一日一日が真剣勝負であり、身についたその真剣勝負の気がまえをもう崩せなくなっていたのだろう。信州飯田の実業家の家に生れた祖父は、缶詰工場や真珠の養殖など次々に事業を起しては失敗し、そのたびに北海道、紀伊半島、九州に移り住み、四十代でようやく教師という職におちついて日和佐水産高校校長になっていたのだ。

さて、問屋の店主は祖母の気迫に負けたようにあれこれと女の子用の洋服を並べはじめた。祖母はそれらひとつひとつを手にとり熱心に見ていたのだが、突然天井を見上げて、

「あっ、あれがいい」

といった。私はあんぐりと口をあけて天井を見上げた。祖母が指さしたのは梁から吊り下げられている純白のふわりとした「ひとかたまりの雪」、であった。

祖母は目をかがやかせていた。店主は「ヘイ」といって、ひょいと器用に長い棒を持ち、その「ひとかたまりの雪」を引っかけて下におろした。私はびっくりして、ぼうっとなってしまった。それは純白のナイロン製の、夢のように可憐なワンピースであった。スカートの部分が花びらのように二重になり、ふくらんでいる。まるで、いつも裏の家で見せてもらうテレビの

「ディズニー」に出てくるお姫さまのような服、私にとってはまさに、夢のようなワンピースであった。祖母はそのワンピースの提灯袖をつまんで私の肩にぴたりと合わせると、にっこりして、

「ああ、かわいい、似合うなあ……」

と、声音を甘く変え、心底感じ入ったように孫娘を見た。そして店主の方に向き直ると、

「少しまけてくれんかね」

ギロリと目をむいてかけあっていた。

2

私は祖母の買ってくれたその夢のようなワンピースを着、通学用の帽子に白いサンダルをはいて、両親と、まだ見たことのない妹に会いに出かけた。兄と私を郡山までつれていってくれたのは祖父だったと思う。父とどこで対面したのかは、よく憶えていない。たぶん、父は郡山の駅まで出迎えてくれたのだろう。

初めて見る（と思った）父は、夏帽子をかぶり、白いワイシャツにグレーのズボンをはいていた。帽子の下の顔は痩せて青白く、濃い眉がぐっと眉頭まで伸び、それが急にストンと落ちている。口をつよく結んでいるので唇の端がへこみ、いかにも不機嫌そうに見える。

「ああ、私にも『お父さん』という人がいたのだなあ」

と私は思い、妙に甘ったるいような、あたたかな湯につかって安心したような心持ちになった。名古屋に引越し、幼稚園に通い、一年生になっていた私はあまり友達もできず、いじけたような気持ちで日々を過していたのだ。

父は私をちらり、と見た。そして、

「何だ、そのピラピラした服は」

と、馬鹿にしたようにいった。それが私に対して父の発した第一声であった。私は祖母がやりくりしてわざわざ問屋街まで出かけ、ねぎった上で買ってくれたナイロンのお姫様のようなワンピースを、父がひと目見てけなしたことに大きなショックを受けた。と同時に、あまりにもストレートに私の服を批判したことに対してびっくりしていた。父はどうやらこのナイロンの服が気に入らなかったらしい。せっかく祖母がおしゃれをさせて親に会わせようと思って買ってくれたのに。

「いったい何なのだろう、この不機嫌な人は、いったい何なのだろう」と、私は思い、すっきりしない気持ちのまま父の家に向った。

両親と東京生れの妹は小さな借家に住んでいた。初対面の妹は、自分の顔と同じ大きさの布の人形を抱いて玄関に出てきた。妹はこの時三歳だったが、私は妹よりもその人形の方に興味をひかれた。人形は母の手作りなのだろうか。あるいは買ってもらったのか。私はじっと人形

を見つめた。すると妹が、

「お姉ちゃんの人形は、あそこにあっぱい」

といって奥の方を指さした。私はこの奇妙なことばをしゃべる妹を、今度は人形よりもしげしげと眺めた。

両親の家での朝食の光景が、今でもはっきりと目に浮ぶ。私はよほどこの光景に驚いたのだろう。ちゃぶ台の上にあったのはクリーム色のトースターと、食パンとハムと紅茶と水蜜桃。母は食パンをトースターで焼いていた。兄と私はおずおずとこの朝食の席に参加し、初めてハムを食べトーストと、さとうを入れた甘い紅茶をのみ、食後には母のむいてくれた水蜜桃をフォークでさして食べた。どれもすばらしくおいしかった。そして、モダーンであった。すべてが、私にとって目新しく映った。名古屋の祖父の二間しかない家では、毎朝祖母が台所で大根やネギをきざむ音で目覚めていた。同じふとんで寝ていた祖父はすでに起きていて、玄関先の狭い庭で長身をかがめるようにして七輪で火を熾していた。柚子の中をくりぬいて味噌を詰め、七輪の上に網をのせてそれを焼くのである。

「なっとう、なっとう…」

といいながら納豆売りの少年がやってくると、台所から祖母が走り出てきて藁苞《わらづと》に入った納豆を買う。祖父母、叔母、兄と私の五人で囲むちゃぶ台には、ごはん、味噌汁、納豆、柚子味噌が並んでいた。そんな朝食しか知らない私にとって、両親の家の朝食の光景はまるで別世界のもののように映った。

　朝食を終え、父が勤務先の病院に向うのを母、兄、私、妹の四人が玄関先で見送った。父は「行ってくる」といって、夏帽子をかぶり、白いワイシャツにグレーのズボン、左手に黒い鞄を下げ右手をうしろで左腕にからませるという奇妙なスタイルで夏の朝の光の射す砂利道を歩いていった。

　手を後ろ手に組んで歩くその後ろ姿はいかにも歩きにくそうであった。

「この人は……」

　と、私は思った。私にはまだ父親という実感が、あまり湧いてこなかったのである。このモダーンな三人家族と自分との位置に確信が持てなかった。自分が、この家族の一員であることが、まだすんなりと受け入れられなかったのだ。

「この人は、なぜこんな奇妙な歩き方をするのだろう……」

　それが、父、に対して抱いた私の最初の、大きな疑問のひとつ、であった。

　それ以来、父の、手を後ろ手に組むという歩き方を目撃するたびに、私は奇異の念にとらわれた。何か、考えごとをしながら歩くように、やや前かがみで、歩きにくそうに歩く。

　これが、父の、歩き方、なのだろうか。

　父というのは、こんな歩き方をするものなのだろうか。

　なぜ手を振って、サッサと歩かないのだろうか。

疑問は次々に浮んだ。

が、私はこの疑問を誰にも問うてみなかった。父はもちろん、母に対しても距たりがあった。

兄と私はそのひと夏を両親の家で過した。

夏休みも終りに近づいた頃、病院の休みの日に、父は私達を野口英世の生家につれていってくれた。猪苗代湖の近くにあるその茅葺屋根の生家は当時のまま残り、記念館となっていて、何人もの人が見学に来ていた。兄も私も野口英世という人がどんな人なのかを知らなかったので、父はその人が苦学して医師になり、アフリカに行き、黄熱病の研究をしていてその黄熱病に感染して亡くなったことなどを教えてくれた。

野口英世が日本医科大の前身「済生学舎」の出身であることを知ったのはずっと後である。家の軒下にスピーカーがついていて、英世が幼い頃、囲炉裏に左手をつっこんで大やけどを負い、その手が不自由だったことを説明していた。父は熱心にその囲炉裏をのぞきこんでいた。

父は肩にカメラをぶら下げていた。ミノルタか、ニコンだっただろうか。カメラに凝っていたのかもしれない。のちに一緒に暮すようになって、どこかへ行く時は必ずカメラを下げていた時期があった。

「写真を撮ろう」

父はいった。

「あのあたりに立て」

一面に稲田がつづき、ずっと向うの地平線上にまばらに木が並んでいるのが見えた。父は稲田の傍らの、こんもりと茂った丈高い草むらの前に兄と私を並ばせた。草むらにはススキが混り、名のしれない花が草にからまるように、たくさん咲いていた。白いシャツに半ズボン、通学用ズックに白いキャップをかぶった兄は少し脚をひらいて、くつろいだようすで立ち、ピラピラのワンピースに帽子、白いサンダルの私は背すじをのばし、きちんと足をそろえて直立不動。

カシャッ、とシャッターの音がした。

「よし、もう一枚撮ろう」

今度は野口英世の生家を背景に、一人ずつ撮ることになった。何を思ったか私は今度はまっすぐには立たず、ちょっと父に逆らうように斜めに向うをむいて立った。服をけなした父に対して少しばかり抗議するように。

「こっちを向け」

父がカメラをかまえていった。私は帽子を両手でおさえ、ぐるりと体をねじるようにして父を見た。その瞬間、シャッターの音がした。写真を撮り終えると、父と兄と私の三人は並んで遠くにある山を見た。

「あれは、磐梯山だ」

と父がいった。ゆったりとした藤色がかった山が、夏空の下にあった。

昭和三十二年、夏の終りのことで、この時父は三十九歳、母は三十二歳。この年の夏、私の前にとつぜん現われた父は、めったに笑わず、いつも口をへの字にまげていた。

「いったい何なのだろう、この不機嫌そうな人は、いった何なのだろう……。手を後ろに組んで歩くこの人は……」

その思いは、それから何十年も、ひとつの謎として私の中に在りつづけることになる。

3

蛭子神社の宮司さんは大正七年七月生れの父よりも四歳年下だが、父の幼な友達である。時おり車を運転して父の入院している病院に見舞いにきて下さった。父は嬉しそうに「オッ」と片手を上げてあいさつをするのだが、二言三言しゃべると疲れるのか目を閉じてしまう。

宮司さんは遠慮してベッドのそばをはなれ、私も一緒に病室を出て談話室へ行った。病院は建てられてから年数も浅く、談話室もとても明るくて広々としている。自動販売機で冷たい紅茶を二つ買って、私はしばらく宮司さんと父の話をした。

父が生れた当時、祖父の医院は鷲敷町丹生から二キロほど離れた和食《わじき》にあり、蛭子神社は道をはさんで小学校の東百メートル程のところにあった。近くを那賀川が流れ、川の北側には標高六一八メートルの太龍寺山がそびえ、四国八十八ヵ所の札所のうち、二十一番目の太龍寺がある。十九歳の空海が修行したとされる大滝嶽はこの太龍寺山にあり、空海は登る前に蛭子神社に参拝したと伝わっている。神社には樹齢千年を越える二本の杉の巨木が向い合って天空へとまっすぐに伸びている。

「父はお医者さんや看護師さんをどなりつけることもあって本当に困ってしまいます。かつてに点滴を抜いてしまうし……」

私が冷たい紅茶をのみながら最近の父のようすを説明すると、宮司さんは笑って、

「それが殿谷太郎さんなんや」

といって笑顔をうかべた。宮司さんはあくまでも父の味方、なのである。医師は足からの点滴だけでは栄養が足りないので鼻からチューブで栄養を補給する方法を考えているらしいのだが、父は足からの点滴さえいやがって抜いてしまうくらいだから、鼻からというのは難しいだろうと、困惑しているようすだった。父は医師にとっても看護師さんにとっても扱いにくい患者なのだが、看護師さんは、

「ああいう患者さんには慣れていますよ」

といってニコニコしているので私は幾分気が楽になっていた。父は自分がずっと自宅にいると思いこんでいるようだった。自宅にいた時と同じように、いつも左手首にはめた金時計を、ぐっと大げさに腕をまわして見て時間を確認しているが、

「おい、今は午前か午後か」とはきかなくなった。入院する前は私によくそう訊ねるので、私は父もいよいよ少し頭の働きがおかしくなってきたのか、と不安になっていたのだけれど。

「子供の頃から父はあんなふうでしたか？」

私は宮司さんに訊ねた。

「早くにお母さんを亡くして、寂しかったのやろうね。三歳でお母さんを亡くして……」

宮司さんは父に同情しているのだ。

祖父は最初の妻との間に、長女、次女、長男（私の父）と、三人の子をもうけたが、妻は父が三歳の時に結核でなくなってしまう。祖父は一年後には二番目の妻を娶《めと》り、三女、四女、次男と三人の子をもうける。父にとっては継母であったが、やさしい人で、父は慕っていたようだ。が、二番目の妻も結核で病死。この時父は十二歳であった。すでに六人の子の父親となっていた祖父は、さらに三度目の結婚をする。そして、三男、五女、四男、六女と、計十人の子を得るのである。祖父は子供達の母親を必要としていたのだが、また、意気軒昻でもあったのだ。父と一番下の妹とは、二十二歳の年齢差がある。

明治十八年生れの祖父隆二は、分家の長男として鷲敷村に生れ、教授の書生として苦学しながら大阪府立高等医学校（現大阪大医学部）を卒業し故郷に帰って医院を開設した。医業だけではなく町長にも就任したり石灰岩の採掘事業にも手を染めている。しかし、結局祖父の事業は失敗に終り莫大な借金をかかえるが、医師として昼夜をわかたず働いてこれをすべて返済してしまう。「金をかせがない奴はダメだ」といつもいっていた祖父は、山林や田圃を所有するようになっていた。

祖父は暴君で、父はいつも、「お前はダメな奴だ」と殴られてばかりだったし、三番目の妻を階段からつき落とすのも、父は目撃している。早朝、風呂場で冷たい水を頭からかぶり冷水摩擦をしてから朝食を摂り、診察をはじめる。この暴君と継母のいる家庭は、父にとっては居心地がよかったとはいいがたかったようだ。二番目の継母はやさしい人だったが三番目の継母と父との間にはかなりの確執があった。複雑な家庭環境の中で幼年期を過ごさざるをえなかったことが、父の性格形成に大きな影響をおよぼしたことは容易に想像がつく。

「父はどんな子供でしたか？　神童と呼ばれていたと自分ではいっていましたが」

宮司さんに軽く冗談めかして訊ねると、宮司さんは大まじめに、

「うん、まあ、そうやった。勉強もできたし徒競走はいつも一番だったし、歌も上手だった。那賀川でアユをとったり山から駆けおりてよう遊んだ」と父を持ち上げた。

父は私達家族に対して、自分の幼年期を「母親を亡くした孤独な神童」というイメージで語ろうとしていたふしがある。母親を亡くした上に、自分のすぐ上の姉さんと、腹ちがいのすぐ下の妹はそれぞれ親類へ養女に出される。姉は峠を越えて勝浦に、そして妹の方は遠く埼玉に。

父は時々峠を越えてこの姉に会いに行く。姉の方も峠を越えて弟に会いにきたのに継母は養女に出した姉を決して家には入れなかった。父は夕暮れになるといつも亡くなった母が恋しくなって、山裾にある墓地へ行って幽霊のお母さんでもいいから会いたいと泣いていたらしい。まるで、亡き母のいる根の堅州国に行きたいと泣くスサノオみたいに。

「わしには母親がいなかった。お前達にはいつも子供のことを心配してくれる母親がいる。本当に自分のことを心から心配してくれるのは母親だ。そんな母親が生きていたら、わしはもっと立派になっていただろう。世界の大統領になっていたかもしれぬ」

「世界の大統領」というのをきくとおかしくて、母も私も肩をすくめていた。が、小学校時代の神童は「『お前はダメな奴だ』といつもオヤジさんに殴られて頭が悪くなってしまった」というたわいない話で終るのである。

「和食小学校五年の学芸会で、太郎さんが歌った『サワラの果て』はすばらしかった。聴衆の大喝采を博して、しばらく和食ではその歌がはやったくらいやった」

宮司さんはその時の父の歌声を今でもはっきりと憶えていて、ちょっと口ずさんだ。残念ながら作詞、作曲者が不明なのだが、父は晩年にいたるまでこの歌を好み、夕食のビールをのんで機嫌のよい時はよく家族の前で披露していたから、私も憶えてしまった。短調の物哀しい曲で、子供のころは「サワラ」とは何だろうと疑問に思っていたのだが、「サハラ砂漠」のことだと後で分り、すると詩の内容も腑におちた。はるか昔に滅びたエジプト文明に思いをはせ、人の世のはかなさ、栄枯盛衰を歌っているのである。

サワラの果てに日は落ちて
空に夕映えうつろえば
椰子の葉末に風見えて
ナイルに騒ぐさざれ波

亡びし国を浪々の
無情の遊子身は一つ
橄欖《かんらん》樹下に杖とめて
しぼる懐古の旅の袖

この歌はどこか父の琴線に触れるものがあったのだろう。「亡びし国」という歌詞のところではいつも感無量といったふうに声をふるわせていた。

宮司さんは父の友人であったから、父を見るまなざしは終始あたたかかった。が、のちに父が亡くなったあと、四十九日の法要の時に叔父や叔母たちからきいた少年の頃の話はもうひとつの裏の顔をものがたっていて、父は家族にはこの話を公表してはいなかった。

それは少年の頃の父の乱暴狼藉の話である。父は小学生の頃、家の前で棒を持って待ちかまえていて、道を通る子供達を片っぱしから殴っていたというのだ。さらに、犬をつれて散歩していた女の子を見つけて、あの犬を殺して食ってしまおうと、仲間と悪事の相談をしていた。叔父や叔母たちはあくまでもこれらの話を微笑をもって語り、やんちゃな、困った男の子だった、という話に終始したのだが。

継母がいて、異母弟妹の多くいる複雑な家庭で育ちつつあった少年は心を鬱屈させ、それが狂暴さとなって現われたのだろう。そんな息子を見て、祖父は「お前はダメな奴だ」と殴ったのかもしれない。あるいはそれは父親の、息子に対する愛情から出た鞭だったのかもしれないが、息子は何らかの形で鬱屈を発散させざるをえなかったのだろう。

私達家族に対しては、母を亡くしたかわいそうな神童、という少年像を強調してみせた父だが、一方では不良少年だったわけで、結局そうやってバランスをとる必要があったのだ、と私は思うことにした。

少年時代、「つねにオヤジさんに殴られていた」父であったが、同時にまた父は一家の長男として特別扱いされてもいた。

「兄弟姉妹の中でも長男として別格の扱いで、どうしてこんなに扱いがちがうのかと思っていたよ」

と、父のすぐ下の弟である叔父は断言した。父の祖母が当時はまだ存命で、この複雑な大家族をまとめるにあたっては長男を中心に据えねばならない、と考えたようだ。曾祖母は曾祖母なりに一家の行末を案じていたのだろう。

「太郎さんが医科大に入学して帰省するたびに、オヤジさんはわざわざ近所の料理屋からコックを呼んでステーキなど作らせていた。なんでこう扱いがちがうのかと思ったよ」

長男と次男とではこうも扱いがちがっていた、と叔父はいいたかったのだろう。この頃の家督の相続者としての長男は、次男、三男とは格がちがうと考えられていたのだ。

4

殿谷《とのがい》家の祖先は、中富川の合戦で敗れて丹生に逃げ落ちた、という話はよく父から聞いていた。中富川の合戦というのは天正十年（一五八二年）、土佐の長宗我部元親が阿波の勝瑞城に迫った戦で、『徳島県百科事典』によると、この時の決戦で「阿波勝瑞方の将士はすべて戦死した」とあるから、相当はげしい戦だったのだろう。

『阿波誌』（笠井藍水による『阿波志』の和訳）に、殿谷家の先祖、藤原平則の記述がある。それによると、

「藤原平則　延野兵衛進と稱する延野村に居る

天正十年中富川に戦死す其族曰く東山、西、大浦、三浦子某出雲と稱す丹生谷に居る天正十年瑞雲公地を賜ひ殿谷に移る又刀一口を賜ふ國時造る所也、子孫殿谷を以て氏を為す」

とある。延野は那賀川をはさんで和食の西南にある。

瑞雲公というのは阿波の藩祖蜂須賀家政のことで、家政から殿《ト》ン谷《タニ》に地を賜わりそこへ移ったので殿谷と名のった、ということだ。

阿波の守護所であった勝瑞城跡は、今の板野郡藍住町勝瑞にある。

『徳島県百科事典』の勝瑞城跡についての記述をみてみると、

「……足利氏の重臣四国管領細川頼之は、一三六三年（貞治二）阿波国守護所を秋月（阿波郡市場町）から勝瑞に移し、守護職を弟詮《あき》春に譲った。詮春が勝瑞に移ったのは一三六五年（貞治四）以降で、一三六八～一三七一年ごろ守護所として築城した。（中略）阿波平野の中心部であり、吉野川の水運によって畿内と結ぶ要地にある。阿波、讃岐、淡路の政治、経済の中心地として栄えた。京都の宗家管領屋形に対して阿波屋形または下屋形と称され、細川九代、三好三代の二四〇年間の根拠地として天下に聞えた……」

とある。合戦地となった中富川は勝瑞城の南にあり、吉野川の支流である。

私が訪れた時は「勝瑞城跡」という標識があり、こんもりとした木々と丈高い草が生えていて、三好氏の墓碑があった。

何もない、ただの空き地なのだったが、ただ、堀を思わせる水のたまった池が草深い中に埋もれるように見えていて、ああこれが城跡、と納得した。が、二百四十年間栄えた城跡にしてはあまりにもあっけなくて、茫然としてしまった。

もう少しくわしく家の歴史を知りたくて、私は何年か前に蛭子神社の宮司さんを訪ねて行ったことがある。宮司さんは『鷲敷町史』の編纂にもかかわっていたから、町の歴史について、あるいは殿谷家の歴史については父よりもよほどくわしかった（蛭子神社の祭神は天照大神、蛭子命、大巳貴尊等十柱で、言い伝えによると蛭子尊が楠の丸木舟に鷲の羽根をしいて天下ったとされ、町名もここに由来する）。

神社に参拝してから、明るい宮司さんの居間で、いろいろ資料を見せていただいた。『鷲敷町史』には、殿谷家の先祖藤原平則（延野兵衛進）の祖先についての記述があり、それによると、

「鎌倉時代、紀州から移り来り湯浅と名乗り藤原氏で藤原ともいい、また仁宇に住んだので仁宇とも名乗って、戦国末期には仁宇庄、竹原五ヶ庄（長生）などを領して高三百貫を有する大身であった」

中富川の合戦に敗れて祖先が逃げのびたという殿ン谷は、今は地名として残っていないが、仁宇のやや奥ではないか、というのが宮司さんの説である。

宮司さんからいただいた資料の中に、江戸の文化八年（一八一一年）の『和食村棟附人数改帳』がある。その中に「先規奉行人」とあるが、これは藩公の出陣の折に参加した家系のことで、内容を要約してみると次のようになる。

「玉兵衛の祖父為右衛門は享保七年（一七二二年）の棟附帳点検の折に、私の家は先規奉行人であったと書いて提出している。宝暦十三年（一七六三年）に山田織部（徳島藩家老—著者註）の家が断絶となって領地を召し上げられた時、連座した松本斎右衛門の一家が散り散りになりその場所に玉兵衛の先祖殿谷吉衛門が住み今日に至っている。享保の調査の時も先規奉行人の身分と苗字帯刀はそのままになっているので今までどおり許すという殿様の仰せがあった……」

玉兵衛の家族はその時（一八一一年）、

玉兵衛（五十六歳）

妻ゑん（五十二歳）

長男伊太郎（二十二歳）

次男百郎（二十歳）

長女しか（十七歳）

の五人で、馬と牛が各一頭ずついた。

さらに宮司さんは、那賀、海部郡代として日和佐御館（陣屋）に赴任した高木眞蔵（萬伎乃舎《まきのや》宗矩《むねのり》）の歌日記もコピーして渡して下さった。これは、徳島市国府町の小熊《こぐま》さんが保有していたもので、万葉集の勉強会の折に、宮司さんが知人から教えられたのだそうだ。高木眞蔵は本居宣長の孫の本居内遠の弟子で、歌日記の題は「南羇漫詠」。天保十年（一八三九年）夏の日付がある。

宮司さんの和訳によると、

「和食の村長なる殿谷某が家にやとるにさぼてむといふ草のこようたけたかくのびたるがもろこし人は仙人掌《さぼてん》となもいへば」

となる。つまり、和食の村長殿谷某の家に泊った郡代は珍しいさぼてんという草を見た、と日記にしるしたのである。

サボテンはおそらく長崎か江戸に行かねば手に入らないから、この時の殿谷家の主人が出かけて行って持ち帰ったのだろうか。

天保十年の殿谷家の主人は為右衛門で、先の玉兵衛の息子伊太郎の改名した名である。文化八年当時二十二歳だった長男伊太郎は、二十八年後の天保十年には五十歳で為右衛門となっていて、江戸あるいは長崎へと旅してサボテンの苗を持ち帰ったのかもしれない。

中富川の合戦のあと、那賀川中流の山間部におちのびてきた祖先が細々と暮していた様子が目にうかんでくる。祖父隆二は為右衛門の四代末の子孫である。

和食小学校を卒業した父は、家から二十キロほど離れた旧制富岡中学校で寄宿舎生活を送ることになる。が、ここでも先輩に殴られ、暗い青春時代を送ることになる。

一枚の家族写真がある。

祖父の医院の正面玄関で写されていて、中心にいるのは祖父と三番目の妻。曾祖母も見える。養女に出された二人をのぞく兄弟姉妹が揃う。祖父は胸をはり、自信にみちた微笑を口もとにうかべている。父をのぞく他の弟や姉妹たちは皆居ずまいを正し、あるいは年下の者の肩にやさしく手をおいたり、まだ小さな妹をかばうようにして立っている。ところが父はゲタをはき学生服姿で一人だけこの家族と距離をおくように、ややはなれて立っている。ぶすっとして腕組みした父は、あきらかにこの家族の中では異質である。人が見ると、「不良？」というかもしれない。祖父からいつも「お前はダメな奴だ」といわれつづけたその屈折が、あるいは継母との確執が、父にこんなぶすっとした表情をとらせたのか。口をへの字に曲げて暗い顔をしている。そう、いつも父は口をへの字に曲げていた。それはこの頃からであったのか。この家族の中ではいつも父はこんな表情をしていたのだろうか。

そんな父に、ようやくこの土地から、家から脱出できるチャンスが訪れる。昭和十三年、二浪の末に日本医科大学に合格し、上京することになったのだ。

第二章

1

昭和十三年春、故郷をはなれ、日本医科大学に入学した父は、大きな開放感を味わったにちがいない。二浪の末であったから、ほっとしたことだろう。最初の受験は昭和十一年で、二・二六事件の直後であり、父はバリケードを目撃している。父は昭和の大事件直後に首都に居合わせたことになる。

その当時、日本医科大学の学部校舎は本郷千駄木にあり、予科は東横線新丸子駅近くにあった。父が三年間の予科時代を過したのはこの新丸子の校舎で、現在は武蔵小杉病院（旧第二附属病院）が建つ。

『日本医科大学八十周年記念誌』で写真を見ると、昭和七年に新築されたこの校舎は、北欧の貴族の館のようで、白い壁と三角屋根、屋根裏風の出窓、白く縁どられた多くの窓などに驚かされる。大学予科の校舎とは思えない造りで、この校舎でドイツ語を学び文学や哲学を語りあったのなら、それはかなり贅沢な時間であったはずで、父にとって生涯忘れられない青春の時間であったことが納得される。そっけない、コンクリート造りか何かの建物であったなら、父の過した学生の日々はもっとちがったものになっていただろう。それほど、この予科校舎の写真に、私は驚いてしまったのである。

父は新しい友人達ができて、よほど嬉しかったのだろう。夕食の時にこの頃の友人達の話をよくきかされた。テニス部に所属しテニスに夢中になったり、地方出身の友人達の実家に泊めてもらったり、木賃宿のような所に泊まりながら気ままな旅をした。鳥海山や富士山に登ったのもこの頃で、富士山の六合目まで一緒に登った九州出身の友人が、突然「俺はもう帰る」といって下りだして、そのまま九州へ帰ってしまったこともあった。

大学に入って哲学を語り文学を語り合える知的な友人を持つ、という人生の愉しみを得た父は、彼らの影響を受けたのか、もともともっていた文学への嗜好がいっそう刺激されたのか、多くの本を読破したようだ。ドイツ語は医学部の必須課目であったから、授業ではゲーテの「エッカーマンとの対話」をテキストとして使っていて、父はこの授業を愉しみにしていた。

「本当はドイツ文学の研究者になりたかった」

と、ある日ふと洩らしたことがあった。父はその時はもう八十歳を越えていたのだが、医大時代、ドイツ文学を学びながら、ドイツ文学研究者への夢が芽生えたことがあったとしても、医師である祖父の後継者としてそれはたぶん絶対に許されないことだったろうし、父としても進路を変更する勇気はなかっただろう。それは、ふっと浮んだ微細な虹のような夢であった。

父の書斎には天井までの造り付けの本棚があって、びっしりと本が収められていた。家族はそれに手を触れることは許されなかったのだが、多くの医学書と文学書が並んでいた。特にニーチェとゲーテは父の愛読書であったから、最も手の届きやすい所に並べられていた。日本評論社発行の『ニーチェ全集』は生田長江の訳。『ゲーテ全集』は昭和十一年、改造社発行で相良守峯訳。父が学生時代に購入したと思われるのは他に、

『ドストエフスキー全集』（米川正夫訳、三笠書房、昭和十一年発行）
『岡倉天心全集』（六藝社、昭和十四年）
『ジイド全集』（山内義雄訳、建設社、昭和十二年）
『ショーペンハウエル論文集』（佐久間政一訳、春秋社、昭和十五年）
『ハンス・カロッサ全集』（石川錬次訳、三笠書房、昭和十六年）

などで、さらに、『現代日本文学全集』（改造社）、『森鴎外全集』、愛蔵版の『夏目漱石全集』、島崎藤村の『夜明け前』、保田與重郎『後鳥羽院』（萬里閣、昭和十七年）などが並んでいた。

私は高校時代にこっそり父の書斎から漱石の本などを持ち出しては読んでいたが、ドストエフスキー全集などは茶色く変色していて読みずらかったので、文庫本の『罪と罰』を買って一

心に読んだものだった。

父が医大に入学したのは、日本が太平洋戦争へと突入する直前で、だからこそ父達はある種の緊張感を持って様々な議論をし、哲学書や文学書を読みあさったのかもしれない。

入学の年の四月一日には国家総動員法が公布されているし、五月には学生の夏季集団勤労が指令されている。さらに、十四年六月には学生衛生隊第一陣十人がハルピンへ出発、七月にも満州へ五十名が出発、七月には国民徴用令が公布される。昭和十六年六月になると富士裾野において野外教練が行われるようになり、学部になると父もこれに参加している。

むろん、父は医大生としての勉学も積み重ねていったわけで、特に解剖の実習には強い衝撃をうけた。初めて解剖したのは病死した老婆で、父は数日間はろくに食べ物も喉を通らなかったらしい。

「人を解剖する前と後とでは人生観が変わったね」

父のような感受性の持主にはたしかにその体験は人生観を左右するようなものであったのだろう。

昭和十六年、十二月八日、太平洋戦争勃発の第一報を父は生物学教授からきいている。

「この戦争は長びけば長びくほど、日本の不利になるでしょう」

そういって教授は静かに授業をつづけた。日本が戦争に巻きこまれてゆく時代に父は学生生活を送っていたわけだが、友人には恵まれ、特に林富士馬さんと貴志武彦さんは父に強烈な印象を与えたようだ。

2

詩人として、あるいは文芸評論家として知られる林富士馬さんは、大正三年生れで父より四歳年上だが、慶應の文学部から日本医科大に入学し直し、父に言わせれば「文学に熱中しすぎて留年し、そのおかげで同じクラスになれた」らしい。父は「林さんが、富士馬さんが」と、その名を一番よく口にしていたから、よほど父に影響を与えた同級生だったのだろう。

私自身も東京の私立大学に通っていた頃、池袋にある林さんの「精義堂医院」に伺うようになり、よく奥様のみごとな手料理をごちそうになったのだが、それはずっと後のことで、その頃林さんがどんな人達と、どんな付きあいをしていたかをみてみたいと思う。それによって父が林さんからどんな話を聞いていたか、想像できるのでは、と思うからだ。

平成七年に出た『林富士馬評論文学全集』（勉誠社）の年譜によると、林さんは日本医科大在学中、詩集を出し、仲間達と同人誌を発行し、実に多くの文学者、あるいは文学を志す人々との知遇を得、精力的に動きまわっている。

詩集についてみてみると当時、佐藤春夫門下にいた林さんは予科二年（昭和十四年）の時、師の序文を得て第一詩集『誕生日』を上梓し、つづいて『受胎告知』（昭和十八年）、『千歳の杖』（昭和十九年）と次々に詩集を刊行している。

敬愛していた大阪の伊東静雄に『誕生日』を送って返事の手紙をもらい、交流が始まるのが昭和十四年であり、またこの年に林さんは伊東静雄の紹介で保田與重郎に会い、翌十五年には保田を中心とする同人誌『コギト』に詩を載せている。

この年に林さんは同人雑誌『天性』を創刊するのだが、後に伊東静雄も加わり、伊東の紹介で庄野潤三に出会うことになり、富士正晴、島尾敏雄とも知りあいになっている。

その生涯をとおして林さんは多くの同人雑誌を自ら発行し、また同人となって作品を発表している。『天性』、そして『天性』を母胎とする『まほろば』（昭和十七年）、『曼荼羅』（昭和十九年）などが、医大在学中林さんが中心となって創刊された同人誌で、父もこれらの同人誌を熱心に読んでいたはずだ。『まほろば』には同級生の貴志武彦さんも短篇小説をいくつか載せていて、父は彼らの作品に目を見張ったにちがいない。

この頃の林さんの交友については、庄野潤三の『文学交友録』（新潮文庫）の「伊東静雄」「島尾敏雄、林富士馬」「『雪、ほたる』」の各章にくわしく書かれていて、私がよく名前をきいていた父の他の友人も出てくるので引用してみたい。

庄野さんはその頃九州大学の学生で、伊東静雄は中学校の恩師であった。

「九州の大学へ入った翌年の昭和十八年三月、春休みで帰省していたときであった。或る日、伊東先生から電話がかかって、林富士馬が明後日ごろ大阪へ来る、二、三日奈良あたりを見物してから伺いますという、そのとき、また連絡しますからいらっしゃいといわれた。先生から『天性』を頂いたときから、自分も仕事をしてこんな雑誌の仲間に入れてもらえるようになったらどんなに嬉しいだろうと憧れていた。また、その『天性』に六号雑記や長い編集後記を書いている林富士馬は魅力があり、いつか会える日が来ればいいと思っていた」

いよいよ対面となるのだが、庄野さんを迎えにいった伊東静雄が不在なので、林さんはこの時連れと一緒に銭湯へ行っていて、そこでの対面になる。庄野さんは林さんに紹介されるのだが、どうやら林さんは二人目の赤ん坊が生れたばかりということが分る。

「私が湯から出たとき、林富士馬と連れの友人とは服を着ていた。これが貴志武彦だなと私は思った。(中略)

外に出ると、二人が待っていた。林富士馬は、

『僕の学校の友達の貴志君です』

といって、眼鏡をかけた、色白の、いい体格をした連れを紹介した。おとなしそうな青年であった。三人はゆっくりと坂道を歩いて帰った。私がはじめて口を切った。

『「まほろば」に載った貴志さんの小説、読みました』

それから、『淵』と『空中散華』と『鹿島分譲地』の三つ、といった。

『じゃあ全部だな』

と林富士馬が貴志武彦を振返っていった。

貴志君は、何もいわずにはにかんでいた。

『あれでも書く前は、随分やかましいんですよ。方々へふれまわって』

と林富士馬はいった」

庄野さんは貴志さんの『まほろば』に載った小説を愛読していたようだ。「書く前は、方々へふれまわって」とあるから、あるいは父も「貴志君」から小説のことを聞かされていたのだろうか。

このあと、林さんの知人がもう一人加わって計五人の酒宴となり、紀州古座の貴志家へ行くことが決る。

「堺の先生のお宅の居間でお酒を飲んでいた四人のほかに、林富士馬、貴志武彦君の日本医大の友達の春日、斎藤の両君が加わり、先生を入れると紀州旅行のメンバーは全部で七人となった」

とあるが「春日、斎藤君」も父の友人で、私はよくその名前を父から聞いていた。

『文学交友録』にはさらに「春日君はのちに東京で医院を開業して、成功して大きくなった」こと、「斎藤君は日本医大の教授になった」ことが述べられている。

この旅から、伊東静雄が「古座の人貴志武彦に」として「かの旅」と「那智」の二つの詩を書き、後に『春のいそぎ』に収められたことは、林さんも『現代日本の文学』（学研、昭和四十六年）の『萩原朔太郎、中原中也、伊東静雄、立原道造集』の中の「伊東静雄文学紀行」の中でも書いておられるから、参加者全員にとってよほど印象に残る旅だったはずで、父もその話をきいていたにちがいない。あるいは自分も参加したかった、と思っただろうか。

庄野さんはこのあと処女小説「雪、ほたる」を書き上げ、それは『まほろば』の昭和十九年三号に掲載されている。

父は詩や小説を書いていたわけではなく、同人誌に属していたのでもないが、クラス全体に林さんを中心とする文学熱ともいうべきある種の熱気が瀰漫していたのだろう。林さんはその頃すでに結婚していて、池袋（西巣鴨）の父君の医院から通学していたから、自宅の林さんの二階の部屋は文学青年たちのたまり場だったようで、林夫人は、貴志さんがよく来ていたこと、そしてまだ無名の三島由紀夫が小さな息子さんの頭を撫でていたことなどを記憶されていた。

3

林さんは、三島由紀夫が市ヶ谷で衝撃的な自決をとげた後、「死首の咲顔」という題で次のように書いている。
「彼（三島―作者註）と知り合いになったのが、彼の十七、八歳の頃で、それから数年、昭和二十四年……『仮面の告白』を書き下し、出版する頃までに、お互いに、文学に志し、文学で身を立てようと励まし合い刺激し合い、くどくつき合ったものでもあった……」（『林富士馬評論文学全集』）
そして、また、
「私達はやがて、誰もがお召しを受け、血腥い戦場に遠征することは解っていたので、明日のない一日一日を、如何に文学だけを信じ、それを縋って、一日一日を生きるか、ということに肝胆を練っていた。（中略）仲間の一人、一人、戦場に出掛けて行ったが、私達は謄写版で、五十部くらいの部数の同人雑誌を編みつづけた。云い得べくんば、それが私達のレジスタンス運動であった」（同）
一方、三島由紀夫は「私の遍歴時代」の中で、
「多分、『文芸文化』を通じて、はじめて得た外部の文学的友人は、詩人の林富士馬であった。林氏によって、そう云ってはわるいが、私ははじめて、真の文学青年というものの典型を知ったのである。氏はもちろん個性的な詩人で、あたかもゴーティエの回想録中の人物のような浪漫派であったが、文学および文壇というものが、これほど夢の糧になるものかを、私ははじめて知った」

と、いささか揶揄するように書いているが、そういう三島由紀夫もある時期には林富士馬と「文学を夢の糧」として語り合い手紙をやりとりし合ったはずであり、林富士馬という詩人は、人が何かを書きとどめたい、と思うその一瞬の祈りのような芽生えを何よりも貴いものと思い、そういう瞬間を共有し合うことにこそ、生きることの意味を見出していたのではないか。だからこそ、いつ戦場へと送られるか分らない時もただひたすら同人雑誌を出しつづけたのである。

ちなみに林さんが三島と知り合うきっかけとなった『文芸文化』は、国文学者・斎藤清衛門下の蓮田善明、清水文雄などを中心とする国文学の雑誌で、三島由紀夫はここに「花ざかりの森」を発表し、林さんも詩や評論を載せていた。

だが、父が林さんから最もよく名前をきいていたのは、三島由紀夫ではなく太宰治だったようだ。

「太宰さんが、太宰さんが、と、林さんはよくいっていたよ」

と父は何度も口にしていたから、林さんはその頃よほど太宰治に心酔し付き合っていたのだろう。むろん太宰治はまだほとんどその名を知られてはいなかった。『林富士馬評論文学全集』の中の「太宰治の生涯と文学」によると、

「はじめて私が太宰治と知り合いになったのは、昭和十年、太宰治が作品『ダス・ゲマイネ』を発表する直前で、私の師匠の佐藤春夫の家で紹介して貰ったのである。（中略）その頃、無論、太宰治の名前は一般的なものではなかったが、同人雑誌に発表された作品は、一部の人々

にはすでに十分に注目されていた。……」

それで当然林さんも名前は知っていたが、佐藤春夫宅で出会ったその日、太宰は林さんの家に寄りたいといいだす。林さんは自宅二階に案内し、太宰は夜おそくまでプーシキンやクライスのはなしをする。以下、同書に収められている「太宰文学の魅惑」から引用してみると、

「それから、いざ別れるという時になって、その人は何気ない風に、船橋まで帰るための電車賃を貸してほしい、と云った」

林さんはお母さんにいって五円を借り、それを太宰に渡す。

「後になって、奇異に強い印象として残っているのは、初対面のその時の借金の申し込みよりも、その後、必ずと云ってよい、二、三度のハガキで、その借金の延引のお詫びのことばが舞い込んでくることだった。勿論、私は当時の太宰さんが薬品の中毒に悩まされていることなど少しも知らなかった」

その翌年、太宰の処女創作集『晩年』が砂子屋書房より刊行されると、林さんはすっかり太宰文学の虜になってしまい、相手の迷惑など考えず、

「船橋の家をはじめ、鎌滝の下宿時代、さらに甲府市御崎町の新夫人との新居にまで押しかけていったものであった」

そうして戦後の昭和二十二年、疎開先から三鷹に戻った太宰を訪ねた林さんは、太宰から、

「林、友情などというのはもうふるいのだ」

といって今後の訪問をことわられてしまう。

こんなふうに林さんと太宰の付き合いは終り、翌二十三年六月に太宰は山崎富栄と共に玉川上水に入水自殺をとげるのだが、医大在学中の林さんは太宰の家にひんぱんに押しかけて行き、その話を父たち同級生にきかせていたのだろう。が、父は、最もよくその名をきいていた太宰治の本を、私が知る限り一冊も持ってはいなかった。あまり父の好みではなかったのかもしれない。

林さんから見た学生時代の父の印象をずっと後になってきいたことがある。

「とても清潔な感じの青年で、子供をつくるようには見えなかったです」

これが詩人の答え、であった。

父のことを書くつもりで、つい話がそれてしまった気もするが、林さんと貴志さんをおいては父の学生時代を語れないと思うので、貴志さんのことも少し書いておきたい。

私は、林さんにはお会いできたのだが、林さんは平成十三年に亡くなられ、貴志さんについてほとんど何もきいておかなかったことが悔まれた。私が林さん宅に伺っていたのは主に学生時代で、六十枚ほどの短篇を書いて持っていくと、いきなり檀一雄さんの主催する同人誌『ポリタイア』に載せて下さって、こちらが驚いてしまった。その頃は自分のことでせいいっぱいだったし、後年、父や貴志さんのことを書くなど、思いもよらなかったのだ。

そこで私は思いついて、牧野徑太郎さんに連絡をとってみることにした。牧野さんは林さんより七歳年下だが、十代のころから林さんと付きあいがあり、林さんが亡くなるまで最も身近にいた人のひとりである。明治大学在学中、師である萩原朔太郎を中心とする詩誌『帰郷者』にかかわっていて、『まほろば』が創刊されると編集兼発行人となった。

庄野さんの『文学交友録』によると、『天性』がいつのまにか『まほろば』になったいきさつを林さんに問い合わせたところ、

「昭和十七年、配給の紙のために同人雑誌がいくつか統合しなければならなくなった。当局の方針でそうなった。そこで九号まで続いた『天性』と詩の同人雑誌の『帰郷者』が一緒になって、新しく『まほろば』を始めることになった。『まほろば』の創刊号が出たのは十七年五月というのである」

こんなふうに『まほろば』は林さんが中心になって発行されていくのだが（後に三島由紀夫、富士正晴も加わっている）、編集兼発行人となった牧野さんは、年少ながら同人の世話役のような存在となる。戦時中はマライで泰緬鉄道敷設に携わり、その体験をつづった長編小説「戦場のボレロ」の著者でもある牧野さんは、八十五歳になられた今も同人誌『新現実』の発行を続けておられる。ちなみにこの『新現実』は昭和二十三年に林さん、牧野さんが伊東静雄、三島由紀夫などと共に創刊した同人誌である。

牧野さんには私が学生の頃、林さん宅で一、二度お目にかかったことがあるが、それ以来お

会いしていない。が、電話をすると、会って下さることになり、さっそく私は印刷業を兼ねた東日暮里のご自宅に伺った。

牧野さんは心臓の手術をなさったそうだが顔色もよくお元気そうに見え、こころよく二階の居間に案内して下さった、私は、貴志さんのことを知りたいのですが、ときりだした。すると、和服姿の牧野さんは、すぐに古いアルバムを奥の部屋から出して見せて下さった。

多くの仲間たちが映っていたが、端の方に小柄な林さんがいるのが分った。林さんのとなりにいるのが貴志さんで、大柄で丸い眼鏡をかけている。酔っているのかやや体が斜めにかしいでいる。父はこの文学仲間の中にはいない。が、以前私はクラスの仲間たちとどこかの居酒屋で撮った写真を見たことがあり、父はあきらかに酔っていて他の仲間の肩に片腕をまわし、片方の手は大きく上げていた。そんな写真の父の姿なども思い出しながら、私は古いセピア色の写真を見ていた。

牧野さんは、『まほろば』を何冊かまとめて綴じたものを見せて下さった。牧野さんがこの雑誌を大切に保存されていたことが伝わってくるような、ていねいな綴じ方で、きちんとカバーも付けてある。そのうちの何冊かは、俵屋宗達の「風神雷神図」を表紙に使ってあり、きれいに印刷された四十ページほどの雑誌で、定価は三十銭。

牧野さんが保存していたのは十七年の創刊号（五月号）、七月号、九月号、十月号、十二月号、十八年の二月号、四月号、七月号、五月号、十二月号、そして三島由紀夫の「『檀一雄』花筐」

が掲載されている十九年六月号（終刊号）である。その中で貴志さんの小説が載っているのは十七年九月号「歸去来」、十七年十二月号「空中散華」、十八年十二月号「雛祭りと狸」であった。貴志さんの小説をぜひ読みたいというと、牧野さんは、それではコピーをして送りましょうとおっしゃる。ご親切に甘えることにしてお宅を後にした。

牧野さんの父君はパン屋として成功し、今の家の近くに広い邸宅を構えていたが、そこがどうやら文学仲間達のたまり場だったらしく、一時は林さんは牧野宅で寝起きしていたというし、貴志さんが居候していた時期もあったらしい。学生服の三島由紀夫が原稿を持ってきたこともあった。

仲間達は「あいつのは文学ではない」とけなしたり、雑誌に載せるか否かをめぐって激しい口論をしたり、時には取っ組みあいのけんかにもなった。が、それも、昼食をぬいたお金を持ちよって同人誌を作る、という気迫があったからで、一番年少の牧野さんはそんな同人達のふるまいをハラハラしながら見ていたようだ。同人達は牧野さんの家で大いに酒を飲み文学論をたたかわせ、殴り合いのけんかをしていたのである。牧野さんによると、貴志さんは女性に対しても大変情熱家であったという。

数日後、貴志さんの短篇のコピーが送られてきたので、私はすぐにそれを全部読んだ。「雛祭りと狸」、「歸去来」、「空中散華」。

どれもすばらしかった。こんな完成したみごとな短篇を書いていたのか、と驚いてしまった。いかにも、「熊野路を南へゆきて／わが見たる君がふるさと」と、伊東静雄が「かの旅・古座の人貴志武彦に」で歌った、その「熊野路の南」で育った人らしい、神話的な大らかさがあり、南国の色彩感覚、端正で豊かな語彙、何ともいえないおかしみ、そして悲しさにみちている。

「雛祭りと狸」は紀の国の雛祭りの思い出を父（作者）が初節句を迎える娘に語ってきかせる、という構成だが、後半は都会の狸の話になり、いわば奇譚である。「歸去来」はやはり故郷の父の医院に来ていたモルヒネ患者たちの悲劇的な物語、そして「空中散華」は、少年の家で一夏を過しにやってきた都会の少女とのあわい性の目ざめを描いた清冽な印象の作品だ。貴志さんの作品の中では、紀の国の樹々も鳥も虫も、雛人形でさえも、人間と同等の存在として印象づけられるのである。

こんな好短篇を書いていた貴志さんだったが、昭和三十五年、突然移民団に加わってパラグアイへと渡ってしまう。どんないきさつで貴志さんがパラグアイ行きを決意したのか私には分らない。そして一年もたたないうちに貴志さんはかの地で事故死してしまう。トラックで患者を運ぶ途中だったそうで、「患者は助かって、自分は死んだんだ」と、父はぽつりといっていた。

私は貴志さんの短篇を読みながら、貴志さんの作品の命は消えてはいない、と思ったものだった。

4

牧野さんは昭和十八年十月に学徒出陣で入隊し、その後、マライへ送られる。また、『文学交友録』によると庄野さんは「はじめての小説『雪、ほたる』の載った『まほろば』を横須賀に近い武山の海軍予備学校で受取った」。

「その小説『雪、ほたる』は、箱崎の下宿を中心にしてそれまで親しく往き来していた島尾敏雄が海軍航空予備学生を志願して、入隊のために慌しく福岡を去るまでの日々を書きとめたもの」であった。

一方、貴志さんは、同じ『交友録』によると、

「『雪、ほたる』の載った『まほろば』十九年三月号には、学徒報国隊として神奈川県相模ヶ原の陸軍病院に泊り込みの訓練のため一ヵ月近く入隊したときの様子を『陸軍病院訓練便り』として書いている」

そして林富士馬さんはといえば、夫人にたしかめてみると、二十年一月に召集令状がきて九州の部隊へ行ったものの、すぐに帰された、ということで、あるいは視力か何かに問題があったのかもしれないが、夫人は記憶しておられなかった。その後、林一家は空襲で家を焼かれ、仙台の岩沼へ疎開している。「習作」として『庄野潤三全集』第一巻（講談社）に掲載されてい

る短篇「貴志君の話」は、南方から帰還した貴志さんが疎開先の林さんを訪ねる話で、昭和二十一年同人誌『光耀』に掲載されたものである。

昭和二十年三月、父たちが医大生としてその青春期を過した新丸子の予科校舎は戦災により焼失してしまう。

父は林さんや貴志さんのような、破天荒なタイプの友人たちがうらやましくもあり、驚きと一種の憧れを持って接していたのだろう。

なぜなら私は、戦後、故郷に戻った父が友人達と同人誌を作っていた、という話を思いがけず宮司さんからきいたからである。私は父が亡くなったあとこの稿を書きながら、父のことを知るために何度か宮司さんに電話をしているのだが、『まほろば』のことを話すと宮司さんはなつかしそうに、

「あっ、『まほろば』……」

と、珍しく大きな声を出して、絶句した。

「ご存じでしたか?」

と訊ねると、

「ええ、そりゃもう、よくきいていましたとも。われわれも『はばたき』という同人誌を出していたのですよ」

「えっ、『はばたき』？」

全く初めてきく話であった。

「いつ頃ですか？」

「昭和二十一、二年です」

『はばたき』と『まほろば』。

父は学生時代熱心に読んでいた『まほろば』のまねをしたくてそんな雑誌を出したのだろうか。

「何人くらいの同人誌ですか？」

「いや、同人誌といってもそんな立派なものじゃありません。十人くらいで、四、五回は出したかな。ただ皆が書いたものをそのまま綴じて回し読みしていただけです。何しろ戦後の物のない時代でしたから、紙も充分になくて……」

「同人はどんな人たちでしたか？」

「私や家内、といってもまだ結婚する前で小学校の教師でしたが。それから酒屋のYさんや醤油屋のIさんや青年団長だったKさんや社会党の党員だったAさん……。その頃は小学校も開放的でしたからね。皆で裁縫室に集まって、エチルアルコールにみかんの皮を入れたのを飲みながら俳句を作ったりしていました。それで太郎さんが中心になって同人誌を作ろうということになって。『はばたき』という名も太郎さんがつけました」

「今もありますか？　父からそんな話は一度もきいたことがありません。父はむろんその時の同人誌も保存していないと思いますし……」

「ああ、家の新築の時に失くしてしまいましてね……。他の同人も皆、亡くなられて……」

「ああ……そうでしたか。むりもありませんよね、もう六十年近く前ですし」

「残念ですが……」

「それで、父はどんな文章を書いていたのでしょうか?」

「交友録ですよ……キシさん、だったかな、その人との……」

「貴志武彦さんですね」

「ああ、そうです。林富士馬さん、貴志武彦さん、名前をよくきいていました」

なるほど父は貴志さんとの交友録を書いていたのか。もしかすると庄野さんが島尾敏雄との日々を書いた「雪、ほたる」を読んで、まねをしたのかもしれないな、と私は思って妙におかしくなった。

家族には一切いわなかったし、むろん私にも話さなかったが、みかん入りのエチルアルコールをのみながら父は『まほろば』のような、仲間たちとの同人雑誌作りにはげんでいたのだ。父の文章は消えてしまって読むことはできないが、父はよほど医大時代の友人たちとの交流が心に鮮明に残り、それを記録しておきたかったのだろう。それにしてもどんな思いをこめて父は同人雑誌の名を「はばたき」にしたのだろう。戦争が終り焦土となった祖国に戻って、そこで若い友人たちと共に蛹の時代をへて羽化へむかおうとしてこういう名前をえらんだのか。あるいは再び故郷の旧い「家」に戻った父は、そこから「はばたき」たかったのだろうか。「はばたき」。私は何度も呟いた。それは、何かとてもせつなく、胸に響いた。

5

昭和十九年九月、父は半年繰上げになって、日本医科大を卒業し戸塚の海軍軍医学校に入った。戦争の勃発に伴って修業年限の短縮に関する法令が出されたためで、学業も中断される形で卒業せざるをえなかったのだ。

翌年の一月に、海軍軍医中尉として、別府の海軍病院に赴任。そこではじめて、十七年六月のミッドウェー海戦において日本が大敗北していた事実を薬剤大佐から知らされている。このミッドウェーの海戦の時に航空母艦加賀の整備兵だった次姉の夫が亡くなっている。特に母親がわりのような姉だったから、その夫の死を父はずっと後まで悲しんでいた。

別府の海軍病院には南方から次々に負傷兵が船で運ばれてきた。船中ではかろうじて命をつないでいても日本に上陸し病院に着いたとたんに命尽きてしまう者が多数いて、父は毎日、瀕死の兵隊たちの治療にあたっていた。

ある日、まだ二十歳くらいの若い兵隊が「センセイ」と父を呼びとめた。見ると顔の半分がなく、骨が見えている。

「センセイ、どうか自分を治して下さい。治ったらまた、沖縄へ行って戦います」とその兵隊はいった。若かった父にはこの海軍病院での傷病兵たちの記憶が生涯忘れられなかったようだ。夕食の時、酒をのみながら何度も何度も私たち家族に語ってきかせた。病院の屋上から、父は北九州が爆撃によって燃え、その焔で空が染まるのを目撃している。

同年の五月末、父は鎮海設営隊軍医中尉として鎮海にいくことを別府海軍病院の軍医中将から命じられる。

が、実はこの時隊はまだ舞鶴で編成中であり、赤痢が隊に蔓延していて軍医の到着が待たれていた。父はまず、舞鶴へ行き赤痢患者の診察にあたらねばならなかったのである。戦争は末期になり、情報が混乱していて軍医中将も正確な情報を得ていず、父に鎮海行きを命じたのだ。

父は約四ヵ月を過した別府の病院を去り、汽車でひとまず門司駅（現門司港駅）に着く。そこから佐世保に行き、駆逐艦で鎮海に渡るつもりだったのだ。関門海峡を見て父は唖然とする。そこにはB29の投下した機雷によって撃沈させられた幾隻もの船が舳先を上に向けて浮いていた。まさに、船の墓場である。

門司港周辺をうろうろしていると、医大時代の友人のO君にばったり出あう。O君は門司の武官府にいたのだ。父が事情を話すと、今、佐世保から駆逐艦で行くなど無謀だ。駆逐艦はほとんど玄海灘の米軍潜水艦によって撃沈されているし、関門海峡はあのとおりだ。日本海側の仙崎からの連絡船で行った方がよいと忠告をうける。武官府にいたO君はそれだけの情報をきちんと把握していたのだ。もしこの時O君に出会わず、佐世保から駆逐艦で行っていたなら父の命はなかったかもしれない。

「偶然、O君に会ったおかげで命拾いしたんだ」

とこの話も、父は何度も家族に話していた。O君は、ちょうど今から門司港の岸壁へ米兵の死体を見に行くから一緒に行かないかと父を誘い、二人は岸壁へと向った。行ってみると、対空砲火で撃ち落されたB29の乗組員の遺体が並べられていた。二人ともスリッパをはいていた。父はこのスリッパ（サンダルのようなものだったのか）をはいた二人の米兵の遺体を見て、ああ、日本は負ける、と思った。

仙崎からの連絡船を待ちながら数日間、父は下関の宿屋に滞在していた。下関は焼跡ばかりが目立っていた。仙崎から乗ったのは商船で、その時、二度と祖国に戻ることはないと思った。

鎮海に着くとまだ隊は到着してはいなかったので、施設部の軍医ということになったのだが、施設部の兵隊たちは、爆撃をまぬがれて残っている飛行機を隠すための穴を掘る作業をしていたのである。

昭和二十年八月十五日、戦争が終る。

父が玉音放送をきいた二日後、深夜の宿舎に二人の米兵がやってきて、父にナイフをつきつけた。

「I killed two Japanese soldiers, in Okinawa」（私はオキナワで二人の日本兵を殺したんだ）

ひとりがそう言って、軍帽と肩章をよこせといった。まだ若い兵隊であった。軍帽も肩章も凝った作りのものだったが、父はやむをえずそれを米兵に渡した。

一ヵ月ほど後に、京城（ソウル）の南にある平沢の飛行場に海軍の魚雷が保管されていたのを、鎮海に運び海中に投棄せよ、という命令がアメリカ軍から出された。予科連の兵隊二十名と早稲田大学理工学部出身の技術大尉等と共に、オンボロのトラックで平沢に向った。途中、光州あたりに来ると短剣鉄砲を持った住民たちに取り囲まれた。

「どこへ行く？」

ひとりが訊ねた。技術大尉は父より年下で、いつも何でも相談してくるのだが、ひどく震えながら、

「中尉、どうすればよいですか」

と、父に訊ねた。

「米軍の命令書がある。あれを見せよう」

父がいうと、技術大尉は震えながらポケットから命令書を出し、住民に見せた。住民たちはそれを確認すると、ようやく道をあけてくれた。

しばらく行くと、トラックは崖から転落しそうになった。が、タイヤに野いばらが引っかか

ってあやうく難をのがれた。この時、もし野いばらがタイヤに引っかかってなければトラックは崖上から転落し、皆、死んでいたにちがいない。

「こんなポンコツトラックは捨てて列車で行こうじゃないか。もう戦争は終った。命が大切だ」父はいった。父たち一行は光州の先から貨物列車に乗って平沢に向い、命令どおり魚雷を鎮海に運んで海中に棄てた。

二十年十月、帰還に先だって、まず室津へオーバーや軍服などを送った父は、二度と戻ることはないと思っていた祖国の土を踏む。着いたのは博多港である。博多は一面の焼け野原であった。博多武官府を訪ねると、大尉に昇進したことを告げられ、給料と新しい肩章が手渡される。父はそれを受けとり、故郷へと向う。

列車と船を乗りつぎ、実家に近い桑野駅に着くと、女中さんと幼なじみの宮司さん（陸軍少尉として満州に三年いた後に帰還）が迎えにきてくれていた。

その時父は、顕微鏡だけを大切に下げていた。

これが、私が父からきいた戦争体験のほとんどすべて、である。同じ話を父は何度もくり返した。私が、鎮海での体験などをもう少しくわしくききたいと思って訊ねても父は、「施設部といっても飛行機を隠すための穴を掘っていたんだ」というだけである。軍医としてどんなことをしていたのか、と訊ねても特に話すことはない、というふうで、話したくないことがあったのかもしれないとも思ったが、本当に何も特別なことはなかったのかもしれない。とにかく、父の戦争の話というのは何度きいても同じ、というか限定されていて、私は空で憶えてしまったほどだが、むろん印象深いことのみを記憶しているわけだから、細かなことは話す必要はないと思ったのか、忘れてしまったのかもしれない。

私は、『着地点』という長篇小説を書くために、父の戦時中の足跡をたどって、門司、下関、仙崎などへと取材して回ったことがある。

父の人生に大きな心の傷を与えたことになる戦争体験を、そういうふうに足跡をたどってみることで少しでも理解しようと思ったのだけれど、静かな仙崎の港やよく整備された門司港岸壁、当時武官府のあった場所などを訪れても、戦時中あるいは終戦時のその場所の姿は図書館に行って写真を見たり想像したりすることしかできず、そこで一人の青年が感じたであろう絶望感や悲愴感も想像することしかできない。

門司も下関も、あまりにも整然としていて、写真で見る数十年前の姿とはかけはなれていた。数百年前ではなく、数十年前だったのだ、と思った時、私は脳が攪拌されるような大きな衝撃を受けたのだった。そう、それはたしかに、つい数十年前だったのだ。

第三章

1

大きな戦争が終り、父は故郷の和食へ帰ってきた。またここへ戻ってきた、と思ったのだろうか。たぶん誰もがそうであったように虚脱感をかかえていただろう。半年早く卒業し戦争に駆りだされたから、医師としての自信も充分とはいえなかったかもしれない。

この頃、故郷の幼なじみ達と『はばたき』という同人雑誌を出し、父は医科大時代の友人をなつかしみながら交友録を載せたりしていたわけだが、その友人達の消息も充分には分らなかっただろうし、皆それぞれが戦争という重く大きな体験をかかえたまま、それぞれの道へと散ってゆき、生きてゆくだけでせいいっぱいだったにちがいない。

宮司さんの話によると、この頃、父は小学校の校庭で近所の友人達とよくテニスをしていたらしい。食糧難で、校庭でも甘藷を作っていたが、その畑の間の通路がテニスコートとなった。

やがて畑がなくなると、広くなった校庭で小学生や青年をまじえて暗くなるまでなごやかなプレーがつづいていたという。

昭和二十二年六月、父は、元日和佐水産高校校長であった山口岩雄の長女いなと見合い結婚をする。母は父より七歳年下で、母の父親は、こんな何も知らない娘でもよいか、と念を押すほど世間知らずのお嬢さんであったが、父はそれでよい、と答えた。

母は、信州伊那の生れで、名古屋の高等女学校を出、女学校の方針できれいな標準語を使っていた。私の幼い頃も、母はまだその言葉を使っていたように思う。体格がよく、色白でお琴と刺繍の得意な大和撫子を、父はひと目で気に入ったらしい。

母の父親は、若い頃から、北海道で缶詰工場を作ったり、三重県で真珠の養殖を始めては失敗、鹿児島でも船を所有していたが水揚げ量を偽られて、これも失敗に終り、そのたびに飯田で絹紡工場を経営していた実家の父親からお金を借りていたが、実家は倒産してしまう。

結局祖父は、四十代でようやく教師の職につくことができて、日和佐の水産高校初代校長になっていたのである。

そんな父を持つ娘にしては、母はおっとりと、のんびりしていた。幼い頃に母を亡くしている父は、こういう大らかなタイプの女性を好んだのかもしれないが、あるいは無意識のうちに、とことん自分を甘やかしてくれる女性を求めていたのかもしれず、そう考えるなら母はこの、人知れぬ憂悶をかかえた青年を一生、引き受けてしまったことになる。

母は見合いの時には父の、十人兄弟姉妹のいる複雑な家庭については、世話をした人からきかされていなかったらしい。相手の家庭をくわしく調べることなく結婚したということになるが、戦後の、適齢期の男子の少ない時代であったから、あるいは母の両親にもあせりがあったのだろうか。

日和佐の隣町の由岐で短期間、代用教員をしていた母だったが、両親は早く結婚させたかったのかもしれない。とにかく、この、海軍軍医として鎮海に渡り無事に帰ってきた青年と、おっとりした世間知らずの娘は、結婚し、新生活を始めることになる。

父と母の結婚式の写真がある。

和食の、祖父の家。床の間を背に家族、親類が並んでいる。前列中央にやや緊張したモーニング姿の父が白い手袋を持った左手を膝におき、座布団の上に正座している。そのとなりに、文金高島田、角隠しに黒留袖を着た母、その二人をはさむように、父の両親、母の両親が、やはりモーニング、黒留袖姿で正座し、後ろには父の弟たち、妹たち、親類たちが立ち並んでいる。

新郎新婦の、明治生れの父親たちは、それぞれ、背を伸ばし堂々として両手を膝にのせている。新郎の父親は全体に肉付きもよく太い眉に白髪、きりりと口を結び、三香目の妻を横に、まだ小学生くらいの下の娘と息子をうしろに従えている。

新婦の父はよくひきしまった小さな頭に丸い眼鏡をかけ、妻とやや間をあけて坐り、そのうしろにセーラー服姿の次女が立っている。

この明治生れの二人の、自信にみちた親たちに比べ、新郎は、といえば、何か憂い顔で、肩のあたりに力が入っていないような感じである。黒い髪はふさふさして父親ゆずりの眉は濃く一直線だが、ひどく痩せている。そして、よく見ると、右隣りの父親より、やや後方に、ずれるようにして坐っているのが分る。

主役なのに、新郎は父親の膝より数センチ下がって坐っているのである。その数センチが私にはとても大きく感じられた。

母の妹は、この結婚式の時にはまだ小学生だったが、当日、日和佐まで迎えに来た車に乗っていくつもの峠を越え、たどりついた和食の家の佇いには圧倒されたようだ。

祖父の家は三棟に分けて建てられていた。

まず、門があり、医院があり、住宅、病室が裏につづく。

すべて二階建てで、医院と住宅は廊下でつながり、庭には小さな池がある。

住宅のさらに後方には、納屋、風呂場があり、病室が六室。住宅と病室の間の庭にも小さな池がある。

医院の二階が広間になっていて、結婚式はこの広間でとり行われた。当時にしてみれば豪華な結婚式であったようで、鳴り物が鳴りひびき、大勢の祝い客が集まっていたことも、叔母は記憶していた。

2

この頃、農地解放ということで、祖父が所有していた、海沿いにある小松島の二町ほどの土地は不在地主となっていたため取り上げられるかもしれず、父は家を借りてしばらく母と住み、羽ノ浦の共栄病院に通っていた。が、結局はこの土地は全て取り上げられ、また祖父の所有していた山林もこの頃ほとんど失くしている。この失くした土地や山林を、父は後のちまでかなりしつこく嘆いていて、時には耳をふさぎたくなるほどであったが、祖父が懸命に働いて手に入れた土地と山林、という思いが父には強くあったのだろう。

昭和二十二年、九月、あるひとつの事件が起こる。

祖父が突然、県会議員に出馬するといいだしたのだ。

祖父は医院を開設した後、三つの学校の校医となり、二宮尊徳と楠木正成の銅像を造り、さらに昭和十一年から三年間は、鷲敷町長に就任している。

町長を辞してからも林道の新設などに尽力し、常に医業だけには収まりきれない、何かありあまる気力と野心にみちていたのだ。

出馬宣言には家の者も知人も反対したが、きき入れる祖父ではない。祖父は社会党から立候補し、残っていた山林の一部を売り選挙資金とする。

祖父の帰宅命令をうけて、父は小松島から和食に帰った。やれやれ、と父は思っただろう。常に意気軒昂で独断的なオヤジさんに人生を撹乱されているという気がしたかもしれない。

とにかく父は、生比奈を通り、大井峠では自転車を押し上げて峠を越え、氷柱観音の下を通り、丹生、そして和食へと帰ってくる。

自宅ではすでに、大勢の人が集まって作戦会議をしていた。父と、幼なじみのTさん、同人誌仲間でもあるKさん、社会党党員のMさんの四人は、ただちにおにぎりと、やっと木賃宿に泊れるほどのわずかなお金をもらい、自転車で延野、相生、宮浜、沢谷、木頭と山間の集落のそまつな宿に泊まりながら、けんめいに選挙運動を展開する。そして再び和食に引きかえすと今度は那賀川下流の、海岸に近い桑野、山口、新野へと自転車で走りまわって、芝居小屋などの幕合を利用して選挙演説をするが、父達は芝居のじゃまをするな、などとさんざんやじられてばかりだった。

「実に、わしらはまじめに、一生懸命やったよ。実によくやった。しかし、オヤジさんからは全く、何の慰労のことばもなかったよ」

父は、この時のことを語る時、何度も何度も、「われわれは一生懸命やった」ことを強調した。たしかに、大変だっただろう。

祖父の医院のあった鷲敷町和食は那賀川中流にある盆地で、周辺には多くのV字形の谷がある。下流は三角洲になって桑野、新野、羽ノ浦といった平野が広がり、その北側に港町である小松島がある。したがって、父が祖父の命を受けて小松島の借家から自転車で山越えしてまず和食に戻るというその二十キロ程の行程は、曲がりくねったでこぼこの山道、急な上り坂、峠、と、並大抵ではなかったはずだ。その頃はバスもあったと思うのだが、あるいはその後あちこち回るのに自転車が必要だったのかもしれない。

さらに、選挙運動のために回った木頭は那賀川の上流にあり、和食からは四十キロ近くもはなれているし、延野や相生といった山間の盆地をまわるのは、いくら若いとはいえ苦業に近いものであっただろう。そして、和食に引き返すと、再び下流の町々を回っているのだから、「一生懸命やった」と思うのは当然だし、たしかにのちのちまで家族に語りたくなるような選挙戦であったにちがいない。しかも、父には充分な資金はもらえず、みすぼらしい宿に泊るしかなく、父たちは辛酸をなめたのであろう。

「しかし、ひとことのねぎらいの言葉も、オヤジさんからはなかったよ」

私は父からこの時の話をきくたびに、つい、西方の征伐から帰ったと思うと今度は東方の征伐にゆけと次々に命じる父天皇に対して、「私など死んでしまえと思っておられるのか」と泣きごとをいうヤマトタケルのことを思ってしまう。山間部を回ってへとへとになって帰ったと思うと今度は海岸部を回れと命ずる祖父に対して、父は「オヤジさんはわしなど死んでしまえと思っているのか」と、あるいは思うことがあったかもしれない。それほど父にとってこの時の選挙戦は苛酷であり、それ以上に、祖父から何のねぎらいの言葉もなかったことが悔しかったようだ。

ところが、選挙も終盤に入ったある日、祖父はとつぜん四十度近い高熱を発し、倒れてしまう。父は腸チフス、あるいは風土病の一種を疑ったようだが、かなり咳もでていたから、もしやと思い、勤めていた共栄病院でX線撮影をした。すると、肺の4/5はまっ白で、重症の肺結核であることが判明した。祖父はすぐに入院せざるを得ず、選挙どころではなくなって、結局落選する。

生来頑健で、病いとは縁遠い祖父であったが、あと一歩というところで選挙戦を断念し、しかも落選したのだ。地団太を踏んで悔しがったかもしれないが、病いの身ではどうしようもない。

以前、石灰岩採掘の事業に失敗して莫大な借金を抱え、家具に赤紙をはられたのを、小学生の頃の父は目撃しているが、祖父はがむしゃらに働いて借金を返した。

祖父は早朝、風呂場で頭から冷水をかぶり、乾布摩擦をしてから朝食をとり、一日の診察を終えた深夜、お産があると山頂の家でもいとわずに出かけ、徹夜でお産をすませると、山をおりてきて一睡もせずにまた診察する、ということもあったようだ。

父はそんな祖父の、強い、確固たる自信にみちた姿を子供の頃から見ている。あまりにも強い父親の息子というのは、まるでその強すぎる光に射すくめられたように萎縮し、おびえ、それが複雑に屈折した性格を形づくるものなのだろうか。父をみていると、一生、この明治生れの強い祖父の、大鷲のような大きな翼の下でもがいていたような気がする。

それはさておき、今、その大鷲は、病いに倒れてしまったのである。父はあわてたことだろう。長男として祖父にかわって指揮をとらねばならない。そこで、父は、自分名義で少し残っていた山を売り、橘湾にほど近い、広い庭のある家を買ってそこを祖父の療養所とする。

父は、祖父を診て、二十本から三十本くらいのストレプトマイシンを打てばよいだろうと判断した。病んだ祖父を見て、父はあるいは心のどこか奥底に、小さな開放感を抱いたかもしれない。父にしてみればあの強靭な祖父が病いで倒れるなど、予想もしなかったことだろう。が、同時にそれは父にとってはまたちがった重圧ともなった。

すでに父と年齢の近い姉妹たち（二人は養女に出されている）は嫁ぎ、弟たちもそれぞれ遠くの学校に通うために下宿したり寮生活をして家をはなれていたが、まだ小学生の妹たちや弟もいたから、父は療養中の祖父のことと共に、経済的にも長男として気配りせねばならない立場になったのだ。

祖父の療養中、父は母と共に祖父のいなくなった和食の医院に移り、診療にあたっていたが、結局その医院は売却することになり、二キロほどはなれた丹生の、空いていた農協を改装して医院とした。それは、二階建ての、ガランとした、廊下の広い、箱のような建物であった。

那賀川中流域は、石灰岩や水銀の豊富な地域だが、特に丹生という地域には水銀鉱床が多く、古代から水銀朱が多く産出されている。

病いに倒れた祖父にかわって、父はこの丹生で、開業医としての一歩を踏み出すことになるのだが、医師である長姉の夫（義兄）に週に何度か応援をたのんでいて、長姉の夫は、丹生のさらに奥の桜谷から、オートバイで通って父を手伝ってくれた。農協を改装してくれたのも、この長姉の夫で、その後も、この夫婦は何かにつけて父を支援してくれている。

こんな混乱の中、昭和二十三年二月、父に長男（私の兄）が生れる。母は兄を実家の日和佐で出産したが、産後、肋膜を患ってしばらくそのまま実家にいた。母にしてみれば、世間知らずのお嬢さん育ちで、常に両親に庇護されてきたのに、いきなり十人兄弟姉妹のいる家の長男に嫁した心労が出たのだろう。おまけに舅は選挙に出、病いに倒れ、長男である夫が何もかも背負わねばならず、妻としての気苦労が重なったのかもしれない。

しばらく療養したのち、母は健康をとりもどし、幼い兄をつれて丹生に戻った。

祖父はずっと療養をつづけていたが、当時ストレプトマイシンは一本三千円から四千円と、かなり高価であった。祖父自身の資産、そして和食の医院を売却した分を当てれば大丈夫だと父は考えていたのだが、祖父の妻は人を介して何度も療養費などを要求してくる。父は不信感をつのらせ、これも新たな悩みの種となっていた。

が、祖父は、ここでも驚異的な強さをみせ、三、四年もするとぐんぐん回復してくる。ストレプトマイシンが効いたのだ。健康を取り戻すと、じっとしていられる祖父ではない。父のすぐ下の弟は、当時日和佐の水産試験場に勤めていて、新居を日和佐に構えて新婚生活を送っていたのだが、祖父に代わって橘湾の家に住むように命じられる。祖父の命令は、絶対的なものであったのだ。新婚の弟夫婦はせっかくの新居をたたみ、橘湾の家に住むことになり、祖父は妻と子供たちをつれて丹生の医院に移ってしまう。丹生の、農協を改造した家は広かったから、父の家族、祖父の家族が住むには充分ゆとりがあった。祖父は、父と共に再び診療を始める。

こんな状況の中、この丹生の医院で、昭和二十六年三月、私は生れた。大きな箱のようだったその医院を、私はぼんやりと憶えている。が、それがいつ頃の記憶であったか、はっきりしない。私はそこに二歳半ごろまでいたはずだが、廊下にあった大人の背丈ほどの柱時計とか、埃っぽい裏のニワトリ小屋とか、家のすぐ傍らを流れる小さな川とか、細長い大きなテーブルの一番端にどっしりと坐っていた祖父や祖母、叔父や叔母や女中さんや子守りの人、そんな人々のあわい記憶は、あるいはもっと後の、名古屋から戻ったころに丹生を訪れた時の記憶が入り混っているのかもしれない。

祖父が亡くなった時、私は中学生だったのだが、記憶の中の祖父のイメージは将棋の王将である。そして、細長い大きなテーブルの端にいて皆をにらんでいる。小柄だががっしりとして四角い顔がその上にのっている。

なかなかの美男子で、眉も鼻も口もすべてが大きく、自信にみちて、めったに笑わないが笑うと人を惹きつける何かがあった。

常に人の上に立とうとする者の、一種の愛嬌のようなもの、だろうか。

が、孫である私は、母方の祖父とちがって、この祖父には決して近づかない。大勢の子供と三番目の妻に囲まれた祖父は、まるで城主のように君臨していて、気楽に近づいて膝の上にのったり甘えたりしてはいけないのだ。そのことが、子供心にも分る。だから私はいつも遠くから、かすかに怯えながら、この祖父を見ていた。


父は、この頃、母校に戻って学位を取得し、もっと医師としての修業を積みたいと思いはじめたようだ。祖父も完全にとはいえないが診察できるまでに回復し、一応一家は平穏をとりもどした。戦争によって半年くりあげての卒業だったから、研究も中途半端なものとなっていたし、周囲が父を一人前と認めないような雰囲気があった。しかし、母校に戻りたいと思ったのはそれだけの理由ではなかった。

父には祖父の一家との同居が重荷だったのだろう。とりわけ、祖父の妻との折合いが悪く、不信感をぬぐえなかったようだ。

故郷を出て、自分の家族と共に上京したいという思いは日ましにつのっていった。

父は誰よりも、祖父から一人前の医者として認められたかったのではないだろうか。戦争によって、やむをえず研究を中断され、いまだに一人前の医者として扱ってもらえない悔しさが父の胸の内にはあった。祖父は幼い頃から父のことを「お前はダメな奴だ」といってきて、その言葉はつねに父の心に刺となってつきささっていた。祖父はいったい父のどこがダメだと決めつけたのだろうか。

幼い頃に母親を亡くし、母親の墓に行ってめそめそと泣いていたこと。またかわいがってくれた二番目の継母が亡くなったことや、次姉が養女に出されたことなどで屈折し、それが木刀を持って暴れたりする狼藉となってあらわれたこと。二年浪人してようやく医学部に入ったこと。こんなことを指して、ダメな奴といったのだろうか。祖父はこういいたかったのだ。

「父を見よ、お前の父は医学校の教授の家の書生に入れてもらって家の細々とした用事をしながら医学校に通わせてもらい、苦学した末にようやく医師として自立できた。それにくらべてお前は学費も親に出してもらい、何と恵まれていることか」

この立派な明治生れの父を見よ、という暗黙の威圧。父はつねに偉大な父を畏れていた。と同時に、何とかこの父に一人前の医師として認められたいと願ってもいたのだ。

父は上京して母校に戻り、学位を取得したい、と祖父に申し出る。健康にもある程度、自信を取り戻した祖父は、この申し出を許した。

昭和二十八年秋、父は妊娠八ヵ月の身重の妻をともなって上京する。兄と私は母の実家、日和佐へ預けられ、そこに一年ほどいた後に、今度は祖父母、母の妹（私の叔母）と共に、名古屋近郊に移った。

3

初冬のある日、私は文京区千駄木の日本医科大学から、本郷通りに出、東大農学部前を通り言問通りの坂を小石川の方向に向って歩いてみた。この道は、よく母が赤ン坊の妹をおぶって歩いた道である。母は父の研究材料のウサギを、言問通りにあった動物屋に買いに行ったのだ。東大農学部の塀の向うの大木や、戦災を無事まぬかれた、江戸期からある古い酒屋の黒々とした屋根瓦を見ながら通りを歩いていると、もしかすると私自身も幼い頃、ここを通っていたかもしれない、という思いにとらわれた。なぜなら、母は私もつれて上京するつもりだったのだから。身重なのを心配した祖母が、私をおいてゆくようにいわなければ、私も幼いころ母と共にここを歩いただろう。そう思うと、ふしぎな気がした。

冬の日差しが大木の影を黒々と路上に落とし、本郷通りはひっきりなしに車が行き交っている。むろん、母が妹をおぶって歩いたころは、これほどの交通量はなかったはずだ。

両親と妹が住んでいたのは、日本医科大裏側のKさんという家の二階であった。そのあたりは静かな住宅地で、小さな庭のある家が建てこんでいる。

医大前の通りをはさんで根津神社があり、母は赤ン坊の妹をつれて境内に遊びにきたことだろう。二十九年四月に妹が日本医科大でぶじに生れると、父はほっとして、わりあいのびのびと研究生活ができたのだと思う。旧友たちと再会できただろうし、あるいは林さんや貴志さんに会ったかもしれない。母は妹をつれてよく三越へ行き、休日には父が野球を見につれていったりもした。

この頃、父の長姉が生活費の一部を援助してくれていて、研究費は医大の同級生木津さんの父親の経営していた清瀬の診療所に週二、三回行くことでまかなっていた。

研究生として父が入ったのは日本医科大の真柄教授の産婦人科教室で、ここには同級生で同じ海軍軍医学校へ入った加藤正三さんがいて、何かと面倒を見て下さったようだ。父は「胎盤水溶性物質による家兎の胃粘膜の変化」をテーマとして研究していたのだが、うまく進まない。母は何度も、研究用のウサギを買いに行くことになるのだが、父は試行錯誤の連続であった。

ちょうど、国立駒込病院病理学主任の諏訪先生が父の研究を見てくれていて、助言をもらい、テーマを腎臓に変え、腎炎についての研究ということになる。何度もウサギで実験をしているうちに、ようやく腎炎の型がきれいに出て、実験は成功し、二〜三ヵ月で論文を作成して、父は念願の博士号を得る。

母校の教授、医大時代の友人、諏訪先生など多くの人々の協力による学位の取得であり、これでやっと父は医師としての自信を深めたのだろう。

が、まだ父の修業時代はつづく。

論文を作成した昭和三十一年夏、父は教室から派遣される形で、福島県郡山市内の病院に妻子と共に赴任する。したがって、論文が通過し、学位を取得したことの通知はこの郡山で聞いている。東京は戦災で焼けた病院のほとんどがまだ完全には復興されておらず、郡山に行かざるをえなかったのだ。

父は、故郷には帰りたくないと思っていた。それで、郡山にいるころ、東京都内での開業を考え、医大の同級生だった田代さんに案内してもらって適当な場所はないか、探しにきている。父が目をつけたのは中野近辺で、ここなら、と思うような所があった。が、復興にはまだ四、五年はかかるといわれてそのままになってしまう。

翌三十二年の夏は、名古屋の祖父母の許にいた兄と私が郡山の両親の家に会いに行った年でもあり、父は早く子供達を引きとって、家族五人、一緒に暮らしたいと思ったのだろう。

父が見たその頃の中野はどんな様子だったのか。

中野区役所発行（昭和三十七年）の『中野区の三十年』によると、昭和十九年十二月末から二十年五月にかけて、中野区も再三の空襲をうけ、焼野原が広がっていた。

昭和二十二年頃になると中野駅北口あたりはようやくおちつきを見せ、トタンなどの仮小屋も出現しはじめる。南口の広場が完成するのが昭和二十六年、十一月。二十三年頃から街路灯の設置がはじまり、三十年頃からは暗渠工事、道路舗装、側溝の改修などもはじまっている。三十一年三月からは私道の舗装、排水溝の工事が行われ、同時にこの頃から三十四年まで、江古田、鷺宮などの団地が建設され、河川の改修は昭和二十八年と三十七年に実施される。

したがって、父が中野を見にきた昭和三十二年秋頃、というのはまさに、ただ今普請中という状況で、あちらでもこちらでも工事の音がさわがしくひびいていたにちがいない。

道路がほぼ舗装され、側溝がととのってくるのは昭和三十四年ごろで、やはりすぐに開業するには早すぎたようだ。が、父の心の中にはつねに、家族がそろって住むことを望む気持ちがあったはずだ。

この頃、父のもとに、祖父から帰郷をうながす手紙がひんぱんに届くようになる。学位も取り、修業も積んだのだから、いいかげんに県内に戻れ、というのだ。父はこれを無視する。せっかく威圧的な祖父の翼の下から自由になれたのだから、今さら戻りたくはない、と思ったのだろう。

祖父の帰郷をうながす手紙は何度も届く。しばらく父は返事も書かずにいたのだが、とうとう長姉から帰郷をうながす手紙がきた。

いつも母親がわりに自分を助け、経済的にも支援してくれていた長姉の手紙を無視するわけにはいかない。祖父もそれを考慮に入れて長姉に手紙を書かせたのかもしれない。

私と兄が郡山の両親の家を訪ねたあの夏頃、父は祖父の手紙をひんぱんに受け取っていたのだろう。夏帽子の下で、痩せた青白い顔にいつも不機嫌そうな表情をうかべていたのは、そのせいだったのかもしれない。

第四章

1

郡山での親子水いらずの生活は、父にとって、快適であった。何よりも故郷の威圧的な祖父から遠くはなれているし、わずらわしい人間関係に悩まされることもなかった。私が目撃したモダーンな生活（朝食に親子だけで丸いちゃぶ台を囲み、紅茶、トースト、ハム、水密桃を食べるような）は、たしかに父にとってはシンプルで心地よく、晴れ晴れするような日々だったのだろう。ただ、母も妹も郡山の寒さには閉口したようで、妹は「東京のオウチに帰りたい」とだだをこねることもあったようだ。

同じ青春時代を過し、文学や哲学を議論し合った旧友たちはそれぞれが過酷な戦争を体験し、各自の道を歩んでいる。父が東京での開業を望んだ理由のひとつは、かつての旧友たちが多く住んでいるからでもあった。東京での研究生活を支えてくれたのも、アルバイトの勤め先の病院を紹介してくれたのも、また中野で開業するための土地を見につれていってくれたのも、医科大時代の友人たちである。

そんな友人の多くいる東京で一家そろって住むのが、父の望むところであった。が、東京で開業するための復興は進んでいないし、祖父は帰ってこいとうるさくいってくる。父はしかたなく、故郷に帰らざるをえなかった。

父は、本当は帰りたくなかったのだ。故郷を離れていたかったのだ。

当時、小学生だった私には、そんな父の気持ちなど、分るわけもない。

昭和三十二年、十月、父は妻と三人の子供をつれて、四年ぶりに徳島県内に帰ってくる。

その年の秋から冬にかけて、私たち一家は二十二番札所平等寺のある新野《あらたの》で暮した。

父は祖父の勧めで、E先生の医院に勤めることになった。祖父はそこでもう少し父に医師としての修業をさせたかったのだ。両親や妹とそろって暮らせる喜びよりも、名古屋からの転校生だった私は不安の方が大きかった。小学校一年生の転校なら誰でもそうだろうが、友人もできないし、すでに言葉のアクセントも違ってしまっている。

しかし結局、そこには五ヵ月いただけで、今度は日和佐へ転校することになる。いよいよ父が自分の医院を持つことになったのだ。

開業にあたって、日和佐を強く推したのは母である。母は娘時代の数年を日和佐で暮していて、なじみ深い土地である。これから三人の子供を育てねばならない母は、少しでもなじみのある土地を選びたかった。しかし、それだけでは開業の条件とはならない。父の専門の産婦人科の有無なども調べる必要があった。

その頃、日和佐病院に産婦人科はあり、徳島大学から医師が派遣されてきていたのだが最近はきていない、ということを父は知る。それなら適当な場所はないかと探してみると、ちょうどK医院の院長が亡くなり、その医院が空いていることが分り、父は日和佐での開業を決意する。

海部郡日和佐町（平成十八年に町名変更され美波町になってしまった）は、県の南東にあり、太平洋に向って扇状に展け、町を見おろすように山の中腹には二十三番札所の薬王寺がある。町の中心を日和佐川が流れて、河口は海へとつながり、海側は漁港として栄え、寺の下は門前町として家並がつづいている。

町の南側の海岸線は太平洋の荒波に侵蝕されて、高さ二百メートルほどの千羽海崖が数キロもつづいているのだが、その絶壁はむろん町からは見えず、船で、海上から見るしかない。

静かな入江があり、ゆったりと町中を蛇行して流れる川があり、寺のある四国の南の町は、一方の端は断崖絶壁で終わっているというわけである。父が開業のためにこの町にやってきた頃、駅前にはまだ葦の湿原地が広がっていた。

『空海の風景』の中で、司馬遼太郎は日和佐のことを次のように書いている。

「十九歳の空海のころにも何戸か蜑の苫屋があったに相違なく、浜では塩を焼くけむりが立っていたであろう。浜にでると、湾が小島を一つ抱いている。黄土色の磯に枝の吹きちぎれた黒松がよく似合っていた。潮騒こそあらあらしかったが、磯にも島にも岩鼻にも人間が古くから住みこなしてきた馴れがあり、空海は山中からこの浦におりてきたとき、全身の毛穴が一時にひろがるような、安堵する思いをしたにちがいない」

県南の山々のあいだの、川岸に展けた小さな町は、たしかに現代の、列車や車での旅でも、トンネルと山道をぬけ出た目には海と川の光がまぶしく、人里のあたたかさと視界の広がりを感じさせる。

『徳島県百科事典』によると、薬王寺は、

「もと行基の開基と伝えられるが、八一五年（弘仁元年）空海（弘法大師）四十二歳の時、自也厄除けのために一刀三礼して薬師如来の尊像を彫刻。本尊として新たに堂宇を建立して厄除けの根本道場とした。平城・嵯峨・淳和の三帝はしばしば勅使を下して厄難消除の祈願を命じ、長く官寺として保護された」

さらに、同書によると、一一八八年（文治四）出火のため堂塔は焼けおちるが、この時本尊は光を放って西方にある玉厨子《たまずし》山へ飛び去った。後鳥羽院は寺の再建を源頼朝に命じ、新たに本尊を作らせたが、先の本尊も紫雲に乗って前向きのまま厨子に入ったので参詣者は後ろ向きの姿しか拝めなくなった。

薬王寺は厄除けの寺でもあり、三十三歳の女の厄年、四十二歳の男の厄年になると、参詣者はそれぞれの階段に一円ずつお金を置いて登る。

祖母につれられて、よく来たこの寺も、子供にとっては遊び場で、山門の大きな仁王像はのぞくのが怖かったが、整然と掃き清められた境内の、城を思わせるような石壁の間を通り、三十三段と四十二段の階段を上って本堂にたどりつくと、熱心にお参りしている祖母をおいて、形だけ手を合わせた私と友達は、楠の巨木の間を走り回ったり、明るく扇形に展けた町並と、向うに光っている海面を眺めたりした。

後年、新たに寺には朱塗りの瑜祇塔《ゆぎとう》が建てられ、その中に小野小町の盛衰を描くとされる「九想図」が収められ、ガラスケース越しに参詣者にも公開されるようになった。

両親を亡くした美しい姫が落魄し、なきがらが野に晒され犬やカラスに喰われて、どくろになってゆく様がリアルに描かれている「九想図」は、人生の無常を説く絵巻物なのだが、暗い塔の中でその図を見たあと、外に出、眼下に広がる川や、陽光をまっすぐにあびている町並や海を眺めていると、「九想図」を見たことなど忘れてしまいそうになった。

私にとってこの町には三年ぶりに帰ってきたことになり、友達に再会できたことは大きな歓びになった。母にとっても、又、この町で生れた兄にとっても、なつかしい場所であったが、父にはあまりなじみがなく、東京生れの妹にとっても初めての土地であった。

父の借りた家は日和佐川が海へと注ぎこみ、海と川がひとつになってゆったりと穏やかな小さな港をつくるあたりから少し奥まった、昔ながらの黒い瓦の家並がつづく奥河という所で、すぐ近くには古い大きな旅館もあった。かつて医院だった家なので、表の狭い通りに面した二階を入院室、一階を待合室、診察室とそのまま使い、中庭をはさんでコの字型に廊下でつながって、奥に住宅がある。待合室の土間からそのまま奥へ入ると、かまどのある台所は中庭へと通じている。中庭には井戸があった。中庭に張りだすように平屋の住宅の廂と縁側があり、茶の間は縁側の奥にあって、いくつかある畳敷きのへやには古い襖絵が描かれていた。家族はおもに住宅の裏の木戸から出入りすることになった。

父は借家とはいえ、独立し、はじめて自分の医院を持ったわけだ。東京で開業したかった、故郷には戻りたくなかった、と思っていた父ではあったが、祖父の住む丹生からは遠くはなれ、これでようやく一人立ちできたという身の引きしまるような気持ちがあったはずだ。母も、家族がそろったという安堵感があっただろうが、子供三人の養育と開業で急に忙しくなった。

一方、私はといえば、ゴオンと銅鑼が鳴ったように、「それ、遊べ」とばかりに旧友たちと遊びはじめたのだった。

それまで祖父母と暮していた名古屋近郊の町は冬はとても寒くて、通学の時には焚火であためた石を手袋をした両手でカイロがわりに持って、垣根の間の道を歩いたものだった。海もないし、川もない。少し行くと国道があり車が走るから、祖母は絶対に国道を渡ってはいけないというので遊び場所に困ったし、友達もあまりできない。裏の家に、夜の一時間ほどテレビを見るために、兄とつれだって出かけるのが小さな楽しみであった。まだ、ほとんどの家庭にテレビはなかった。

そんな暮しであったから海も山も川もある日和佐に戻ったことが嬉しくてならなかったのだ。私はさっそく昔住んでいた西町へ遊びに出かけた。友達もいるし遊び場所もよく分かっている。祖父母と住んでいた格子戸のある家は住人は変わっていたが、まだそのままだった。このあたりは馬が荷車を引いて通り、舗装もされていない道のあちこちに馬糞があったものだが、馬はもうあまりみかけなかった。

この家に住んでいた夏のある日、格子戸からのぞいていると、赤痢に罹った女の子が父親らしい人の引くリヤカーにのせられて通っていくのが見えた。祖母は、その女の子は隔離病棟に入れられるのだ、と教えてくれたのだが、私は祖母の低い声や隔離病棟ということばがおそろしかったし、赤痢という病名もおそろしかった。

また、その頃には紙芝居もよく来た。私達は、小さな裏山へ毎日のように登って、そこにある大岩、小岩という上が平らな石の上で額に手をかざしてはこの町を見おろしていたのだが、紙芝居がくると急いで山をおりていき、おじさんから小さなお菓子を五円で買う。形取りされたとおりにその固いお菓子をじょうずに食べると、もうひとつお菓子をもらえるので形を崩さないよう食べることに子供たちは熱中した。
旧盆になると、町では阿波踊りの連がくりだす。
四、五歳だった私は、夕方ぞめきのリズムが聞えてくるともうそわそわして、じっとしていられず、祖母が白と桃色の花もようの三尺帯を結びおわるのも待ち遠しくて、近所の男衆が「用意できたかなア」と呼びにくると飛び出していった。
町ごとの連は高張り提灯を持つ先頭のうしろに子供達が並び、次に白足袋にゆかたの尻をはしょった男衆、そのうしろは赤い長襦袢を半分見せ、編笠で顔をかくし、塗り下駄をはいた女衆、そのあとにお囃子の鉦、太鼓、笛、三味線がつづく。
私達のすぐうしろにいる男衆は、かすかに酒の匂いを漂わせ、膝をひくくおとして白足袋の足をぞめきに合わせてリズミカルに片方ずつ出して前進する。酒と汗の匂い、むきだしの脛、腰にぶら下げた印籠、ちらりと見える太腿の白い晒……いつもとはちがう男衆に、私は妙な胸さわぎをおぼえたのだったが、それは四、五歳の女の子がはじめて感じた男の色気だったのかもしれない。

笹山通れば笹ばかり
猪豆くってホーイホイホイ

皆は、かけ声をかけながら踊りすすむ。

大太鼓の大きな低い音が体の底深くにまで届きひびいて、五臓六腑のすべてがいっせいにゆらぐような気がする。

私達の連は、川の上流の天神と呼ばれる方まで踊ってゆくのだが、木でできたアーチ型の箒橋のあたりは山がせまり、笹が鬱蒼とおい茂っていて、枝先はせまい道にまで垂れさがっている。昼間でも暗くてとてもひとりでは歩けないような所だ。皆は、「ヤットサア、ヤットサア」といきおいよく声を上げながら、夕暮れの寂しい山道をすすんでゆく。

長いあいだ、私は「笹山通れば笹ばかり」の笹山というのは、この、箒橋のあたりのことだと思いこんでいた。大人たちと一緒に踊りながら行ってもこのあたりは不気味で、私は緊張していた。

ようやく連が引き返し、見物人の多くいる町の中央の厄除け橋までくるとほっとした。そこから薬王寺の参道の方まで、さらに連はすすんでゆき、鉦や太鼓、笛、三味線の音が、小さな町にひと晩中鳴りわたり、旧盆の夜は過ぎてゆくのだった。

母方の祖父の写っている一枚の写真がある。場所はこの町の八幡神社で、丸い眼鏡をかけた祖父は軍服を着た若い兵士の隣りに、こわばった顔をして立っている。そのやや後方に着物姿の祖母がいる。

二人は出征する兵士を見送るため八幡神社に参詣にきたのだ。水産高校校長として、祖父は若い兵士を戦場へと送り出す立場にあった。

終戦後、祖父が定年を待たずに学校を辞めたのはその責任をとったからだ、と母からきいている。

両親がこの町に兄と私を残して上京したあと、私は急に気むずかしくなった。

祖母はそんな孫娘をおぶって、よく西町から海への一本道を歩いて八幡神社にやってきた。クスの大木に囲まれた神社の向うには大浜海岸という小さな砂浜がある。旧暦の雛祭りの日には子供たちは親につれられ、お菓子などの入った遊山箱という子供用の重箱をもってこの浜に遊びにくる習わしがあった。

祖母の背中で私は手にあんぱんをもっていた。当時、西町の角にはパン屋があり、あんぱんや、上にうすい水ようかんのようなあんののった丸いパンを売っていた。まだお菓子の少なかったその頃、パンは貴重品で、私は四角い木の箱に並んだできたてのパンを買ってもらうのを楽しみにしていた。

祖母はその日、むづかる孫娘の機嫌を取るためにあんぱんを買いあたえ、海の方へ歩いていったのだ。

孫娘はべそをかいていた。祖母は防波堤の手前で立ちどまり、海を眺めながら孫娘にお母さんはそのうち会いにくる、と言い含めた。まだ空に明るさの残る夕暮れで、白い波が砂浜に打ちよせていた。遠い水平線までつづく灰色がかった海を見ていると私の心もおちついてきて、おとなしくなっていた。

祖母は安心したのか、ゆるやかな坂を降りて八幡神社の方へと歩きだした。

クスの巨木の間に、祭りの山車を収める大きな櫓がある。この山車は、秋祭りの時には男たちがかついで、波しぶきを浴びながら海へ入るのだ。山車は太鼓屋台となって太鼓の音が町じゅうにとどろきわたる。だが、その山車も今は静かに櫓の中に収まっている。

私は眠くなってきた。祖母の背中はここちよく、あんぱんを右手に持ったまま、うつらうつらしていた。と、その時である。

クスの大木の上から、とんびが勢いよく舞いおりてきたと思うと、その鋭い嘴で、あっというまに私の手にしたあんぱんを奪って飛び去ったのだ。

「わっ」と私は叫んだ。

が、この飢えた敏捷な野生の生き物と、祖母の背中でまどろんでいる甘ったれの子供とでは勝負にならない。「あんぱん」と私は叫んで、大声で泣きだしてしまった。

とんびはあんぱんをくわえたまま、櫓の上からあわれな人間の子供を見おろしていた。

私がとんびにあんぱんをさらわれたことを知った祖母は「あれっ」といって櫓の上を見、首を反らせると「可、可、可……」と笑いだした。私はいっそうはげしく泣きだした。が、祖母の笑いはとまらなかった。

それからしばらくの間、祖母は私を見ては「ククク"」と思い出し笑いをしていた。この話は祖父にも伝わったらしく、祖父も私を見ては笑いをかみ殺していた。親においてゆかれ、とんびにあんぱんを奪われたみじめな子供は部屋のすみでいじけていたのだった。


そんな私をなぐさめようとしたのか、祖父はある夏の夜、私を螢狩りにつれていった。

箒橋の手前の、夏草の茂る川べりには螢がたくさん飛びかい、暗黄色の光を点滅させていた。草叢にとまっている螢は、つかまえようとするとすぐに飛んでいってしまって、私の網にはかからない。川風が涼しく、夏の陽のぬくもりがまだ濃密にこもっている草の、葉先がかすかにゆれている。

川は時おり水かさをます。特に橋の真下は深みもあって泳ぐのは危険だ。祖父は以前、おぼれかけている子供を見つけ、飛びこんで救ったことがある。祖父の大きな背中は安心感を与えてくれる。危険をともなう場所も、祖父がついていれば大丈夫。

祖父は「どれ」といって私の持っていた網をとり、螢を二、三匹つかまえて小さな虫籠の中にいれ、家に持って帰るとそれを蚊帳の中に放った。

若い頃は、父親（私の曾祖父）の援助をえて、祖母にいわせれば「湯水のごとく」大金を使い事業を興してはことごとく失敗した祖父は、時おりそのことで祖母にいやみをいわれていたが、そんな時はニヤニヤ笑って焼酎の瓶を持ち、隣のへやへ消えてしまう。

校長の職を辞した祖父は、その後、九十六歳で世を去るまで、二度と職に就くことはなく、悠然と暮し、孫娘を愉しませることが上手であった。

2

父の医院は戦後のベビーブームもあって、順調に患者をふやしていたが、まだ信用を得るための期間でもあり、気がぬけず、多忙であった。

この頃、わが家に電話機が設置された。壁かけ式の電話機で、診察室と住宅をつなぐ廊下の壁に固定されたのだが、電話のベルはたまにしか鳴らず、こちらからかけることも少なかった。昭和三十二、三年頃の四国の小さな町では、まだ電話機はそれほど普及してはいなかったのだ。

日本電信電話公社の出している「電話七十五年のあゆみ一九六五」という本で調べてみると、わが家にあったのは「二号自動式電話機壁掛形」で、すでに昭和二年から採用されている。昭和八年には、三号形といわれる卓上形のダイヤル式黒電話が出現し、さらに昭和二十五年には四号形といわれる改良された卓上の電話機が一般に使われだした。「最後の電話機」といわれた六〇〇形電話機が使用されるのは昭和三十七年からだから、わが家にあった壁掛け式の電話機は、かなり旧式といわねばならない。しかも、皆、電話機にはあまり慣れていなかった。

ある日、誰もいない廊下で、電話のベルが鳴っていた。たまたま廊下を通りかかった私は思わず足をとめた。それは、何かとても華《はな》やかな音にきこえた。たいていは看護婦さんか、受付けを手伝っている母が受話器をとるのだが、あいにく二人とも手がはなせないのか誰も出てこない。

私は一瞬ためらったのだが、小さなラッパ型の受話器をとって耳にあて、大人たちのまねをして送話器に向って「もしもし」といってみた。背のびをして、顎を反らさなければ送話器には声が届かない。むりな姿勢で、かなり緊張していた。受話器からは年配の男の人の声がきこえてきた。

「あ、もしもし、先生おられますか」

男の声はいった。

「はい」

私は答え、父を呼びに行こうとした。が、その時、私はどこにその受話器を置けばよいのかわからなくなった。電話機の箱の上にでもひとまず置けばよかったのだろう。が、手が届かない。混乱した私は、受話器をもとの位置に引っかけてしまい、それから父を呼びに行った。白衣を着た父が診察室のドアからぬっと顔を出した。母と看護婦さんも出てきた。

「電話……」

私はいった。父は廊下に出てきて、受話器が元の位置に戻してあるのを見て、「何だ」といいながらもそれを手にとって、「もしもし」といった。むろん返答はない。

「切れたか」

父はいった。母と看護婦さんは「あっ……」といったきりであった。この失敗に大目玉を喰うとばかり思っていた私は、拍子ぬけしてしまった。大人達は私の失敗に対して寛大であった。私はあっさりと許され、そのことについて何らとがめられなかったことが不思議でならなかった。大人達の、電話機に対する冷淡さを感じた。

父は電話がきらいであった。後に、母が亡くなり父が一人暮らしをするようになってからは、いくら電話をしても受話器をとってくれないので困ることが多く、お手伝いさんの家に電話をして、要件を伝えてもらうこともあった。子機付きの電話機に替えてからは、いっそう電話をきらうようになり、かんしゃくを起こしてついには子機をこわしてしまった。テレビのリモコンとまちがえたらしい。声の大きい人なので、電話の時も大きすぎる声でしゃべる。電話でふつうにしゃべる、ということができないのだ。父は生涯にわたって、電話との相性はわるかった。

父は一日中、診察室にいたが、私はめったに家にはいなかった。海も川も小山もある町は、私に「遊べ遊べ」といっているようだった。

波打ちぎわで二、三人の友達と海水で湿った砂を掘って、その砂を積みあげてゆく。砂の穴はどんどん深くなり、砂山は高くなる。私達は競いあうようにいっそう砂山を高くしてゆく。湿った砂山を両手でたたいて形をととのえていると、大きな波がうちよせてきて、せっかく掘った穴と砂山を崩してしまう。穴は白い波の泡だらけになり砂山は頂上が欠けてただの砂のかたまりになっている。

「あーあ」

と子供達はため息をついて、また別の場所の砂を掘りはじめる。波が打ち寄せてどうせ崩れてしまうのは分っているのに。

そんな遊びの、どこがあんなにおもしろかったのか、ママゴトや人形遊びにはすっかり飽きて、毎日のように妹や近所の友達をさそって海へ行き、波打ちぎわで砂山を作ることに熱中していた。

3

春から夏にかけては、町を歩くお遍路さんを毎日のように見かけた。この頃、私の見たお遍路さんは、かんぺきな白装束であった。

すなわち、白衣《びゃくえ》を着、手甲、脚絆をつけ白の地下足袋をはき、弘法大師と同行であるという意味の「同行二人」と書かれた笈摺《おいずる》をはおる。菅笠には、

迷故三界城　悟故十方空
本来無東西　何処有南北

と、経文が書いてある。

鈴を持ち、金剛杖をついたお遍路さんは町の中をひたひたと歩き、家を回ってお経をとなえお布施をうける。町の人々は遍路のことを「お遍路さん」と尊称で呼んでいた。人が遍路に出る理由はそれぞれ異なるのだろうが、この頃のお遍路さんの多くは、行き倒れをも覚悟した白装束の旅であって、その白装束は子供心にも日常とは一線を画した存在であることを覚らせるものであった。

お遍路さんが家の軒先に立って、お経をとなえはじめ、「リーン」と鈴の音がきこえてくると、奥の台所にいた母はたいてい私を呼んで五円玉か十円玉をにぎらせ「これ、あげてきて」という。私はかまどのある台所をとおり、待合室へとつづく暗い土間をかけて玄関へ向う。また、「リーン」と鈴が鳴る。その音は一瞬、周囲の空気をはりつめたものにする。

ある夏の日、私はいつものように鈴の音をききつけた母に呼ばれて、お遍路さんにお布施をわたすために玄関へ行った。一人のお遍路さんがお経をとなえながら立っていた。開け放した畳敷の待合室には数人の患者さんがいたが、ちらっとお遍路さんを見たきりであった。

私はいつものようにお遍路さんが持っている小鉢の中に小銭をいれた。お遍路さんは「南無大師遍照金剛……」と小さくつぶやいて、私に向っててていねいに一礼し、鈴を鳴らした。暑い日で暗い土間を走ってきた私の目には向いの屋根の上の純白の入道雲がまぶしく光って見えた。その時、私とお遍路さんの目があった。痩せた初老の男性で、私の知っているどんな大人ともちがう、緊張感にみちた暗い目をしていた。どこか鋭さをかくしているような目でもあった。

私は息をつめてお遍路さんを見つめた。菅笠の下の額に小さな汗のつぶがういて、それが蒼白い、くすんだ皮膚の上を流れ落ちている。お遍路さんは、くるりと向きを変えると、そのまま、ゆっくり私の前から去っていった。その時、私は何を思ったか、奥へ走ってゆき、縁側にあった朝顔の絵の描いてある団扇を持って、夏の陽のあたる道を歩いているお遍路さんを追いかけていった。お遍路さんはびっくりしたように立ち止まって一礼し、その団扇を受けとると、また夏の陽差しの中をひたひたと歩いていった。

お遍路さんの額に流れる汗を見て、私はその団扇をわたそうと思ったのだろう。だが、あのお遍路さんに団扇が必要だっただろうか。あのお遍路さんは「あーあつい」などといってパタパタ団扇であおいだだろうか。今でもふと、そんなことを考えてしまう。

のちに、父が亡くなったあと、書斎を整理していて、私は高群逸枝の『お遍路』という本を見つけた。昭和十三年九月、「厚生閣」発行の初版本で、平塚雷鳥が跋文を書き、装幀は奥村博史である。

女性史研究の先駆者である高群逸枝は、大正七年、二十四歳の頃に四国遍路に出る決意をして、故郷の熊本から豊予海峡を渡って八幡浜につき、そこから札所を逆の順番で回る逆打ちで巡礼の旅をはじめている。彼女がお遍路に出た理由は、恋愛の悩みとか就職のつまづき、などであったのかもしれないが、その底にあったのは「漂泊への思い」だったにちがいない。むろん日和佐の二十三番薬王寺にも立ち寄っているが、逆打ちなので室戸岬の二十四番札所、最御崎寺から阿波へと入っている。室戸岬といえば、空海が修行中、明星が口にとびこんでくるという体験をした場所である。その室戸岬から日和佐までは、山と海岸線の入りくんだ険しい道を四、五日かけて歩かねばならず、この頃の、舗装もされていない海岸沿いの狭隘な道は難儀だったはずなのだが、逸枝は汐の引いた浜で貝を拾ったことなどを書いている。

二十一番太龍寺のある山のふもとで生まれ育った父も、子供の頃からよくお遍路さんを見かけていたはずで、父の祖母も娘時代に四十日かけて八十八ヵ所の札所をすべて回ったことを自慢にしていたらしい。

たぶん父は、予科時代にこの本を手に入れたのだろう。ゲーテ全集やニーチェ全集のあいだにはさまっていたのだが、長いあいだ私はこの本があったことには気づかなかった。

中公文庫版の『お遍路』をすでに私は買ってもっていたのだが、父のこの本も遺品として持ち帰った。

町にはお遍路さんもおとずれるが、異種属のまろうどもおとずれる。

赤海亀、である。

春から夏にかけて赤海亀が大浜海岸の砂浜に産卵のために上陸してくるのだ。最近では上陸頭数も少なくなってしまったが、多い時には二百頭近くがひと夏のあいだに上陸していた。上陸するのはおもに夕方から深夜である。

町の人達は産卵にくる赤海亀のことも、「亀さん」とか「お亀さん」と、尊称で呼び、夏には乙姫や海亀にのった浦島太郎の扮装をした人々が、町をねり歩く海亀祭りをして、このまろうどを歓迎する。

昭和四十二年には「大浜海岸のウミガメおよびその産卵地」として国の天然記念物としての指定をうけて砂浜は夜間の立ち入りが規制されるようになったが、私が小学校の頃にはここでキャンプをするのが恒例になっていた。

生徒は班にわかれて砂浜にテントをはる。波打ちぎわの長さは五百メートルほど、砂浜の幅は七十メートルほどで防波堤まではごくゆるい傾斜になっている。

先生が火をおこし、生徒達は米をといだりカレーにいれる人参やじゃがいもや玉ネギ、肉などを切る。やがて飯盒のごはんの炊ける匂いが、海辺に漂いはじめる。海面は水平線まで滑っていけそうなほどおだやかで、まだうすい明るさが膜のように残っている。が、海に張り出した山のあたりや防波堤の向うの松林には、もう夕闇が降りはじめていて、小さな漁船が、エンジンの音をたてて帰ってきていた。

防波堤の方を見ると、何人かの親たちがのぞきに来ている。その中に白いワイシャツ姿の父もいた。診察もおわり、夕食までのあいだ、母にうながされて浜まで自転車をこいできたのだ。私は尊大なふうに腕組みなどして防波堤の上からこちらを見下ろしている父から目をそらせてしまった。

この頃の父は、おだやかで、気まぐれをおこして子供達の運動会などをのぞきにくることがあった。前年の運動会の時にも父はやはり白いワイシャツ姿で、腕組みして見ていた。どれ、どれほどのものか見てやろうか、というような態度なのだ。

私は徒競走は苦手で、いつもたいてい五、六等になり、エンピツを一本もらって帰るという体たらくであったが、父は小学校の頃はいつもトップだったし、兄も一、二等でノートを獲得して帰るから、私は常に二人の嘲笑の的となっていた。その時の結果も惨憺たるもので、父は舌打ちして帰ったのであった――。

夕食のカレーライスを食べ終り、班ごとにキャンプファイヤーをしたあと、生徒達はテントの中で寝るが、先生方は、夜中にトイレに起きる生徒に危険がないよう、一晩中見張りをしている。

皆なかなか寝つけないでいる。シートから足先を少し出して、指先を冷たい砂の中に入れるととても心地よい。打ちよせる波の音は、ある時は驚くほど高く、又あるときは砂を舐めるようにひびき、濃い潮の匂いもする。

昼間遊びにくる砂浜とは全くちがう夜の海は、妙に生ま生ましい。星の光も、強すぎるような気がする。ごく小さな声で男の子の噂話をしている子もいて、皆、ますます寝つけなくなっていた。

それでも少しうとうとしただろうか。何か微妙な音が鼓膜を刺激してくる。闇の中で耳をすますと、規則正しく作業する音が、確かに聞える。何分かすると人の足音と話し声も混って聞えた。同じテントの同級生も何人か起きだし、私達はテントから出てみた。

テントのすぐそばで、体長一メートル近くはある赤海亀が砂を掘っているのだ。黙々と後ろ足を交互に使って掘っている。かなり深い穴を掘ると、赤海亀は白いピンポン玉のような卵を産みはじめた。卵の数はふつう百個ほど。先生のつけたライトに赤海亀の大きな甲羅が見えた。日和佐小学校の生徒と担任の先生の見守るなか、赤海亀は卵を産みつづけ、やがて卵を産み終えると、今度はその穴の上に後ろ足を交互に使って砂をかける作業をはじめる。

赤海亀は時おり休みながら、ゆっくり時間をかけて、ていねいに砂をかけているのだが、私達はまるで催眠術にでもかけられたように睡魔に勝てず、テントに戻って寝てしまったのだった。孵化は六十日後で、子亀達は皆いっせいに海のほうへと這い出し、波にのまれるように消えてゆくが、無事に成長するのはその中の一、二匹なのである。

4

昭和三十四年秋、借家での開業で順調に患者を増やした父は、そのまま日和佐に定住することを決意し、新たに土地を購入することになった。

駅近くの、葦原を埋めたてた地域で、あたりにまだ家は数軒しか建っていなかった。道路をはさんで静かな入江があり、入江の奥にはまだ葦原が広がり山裾につづいている。父は銀行に借金をして、ここに、二百五十坪の土地を買ったのである。

この頃の父は大きな賭けにいどむ気持ちと、新しい土地での自立という目的をいだいて、明るい射光のさすような日々を送っていたように思う。むろん借金をかかえることや、医院が成功するかどうかの不安はあったにせよ、借家での患者の増え方を見ていて、ある程度の自信はあったのかもしれない。戦後のベビーブームはつづいていたし、町には活気があった。

夕方になり、診察が終ると、父は私と妹を自転車の前と後ろに乗せ、厄除け橋をわたって、工事中の医院を見に出かけた。酒を好む父は、自動車の運転免許を一生取らなかった。運転するので酒を飲めない、というのが我慢できなかったし、飲酒運転での事故をおそれていたのだ。

したがって、この頃の町中の移動はごく近い場合をのぞいて、たいていは自転車で、往診も自転車であった。

橋まではゆるい坂道なので、父は息をはずませて自転車をこぎ、橋から埋めたて地に向う坂道では一気にスピードを出す。その小気味良いスピードが、父の心の高揚を語っているようだった。

工事中の医院にはカンナやのこぎり、カナヅチを持った何人もの大工さんがいて、材木やカンナくずのすがすがしい匂いがたちこめていた。削ったばかりの新しい柱が建てられ、しっかりと固定されて家が組み立てられてゆく。幾本もの柱を手でさわったり、見上げたりしながら、父は大工さんと話をしたり、相談したりする。

カンカンカン、というカナヅチの音、木を削る音があたりにひびく中で、私と妹はカンナくずで遊んだり、大工さんから余った四角い木の破片をもらったりする。

行くたびに、家は少しずつ形を成し、真新しい柱は増えていく。夕方、診察を終えた父が、「さあ、行くぞ」と声をかけてくれ自転車にのり、家を見に行くことが楽しみになっていた。

父は自分の建てつつある家を、腕組みしていつまでも見上げていて、暗くなりかける頃また自転車に私と妹をのせて帰っていく。

その頃、橋のたもとにソフトクリーム屋が開店したので、父は帰りに私と妹にソフトクリームを買ってくれた。テーブルをはさんだ席に私と妹を並ばせ、自分は食べずに腕組みしたり、いつも消毒して洗っている指を組んだりしてチラチラと、私達がおいしそうに山盛りのソフトクリームを舐めるのを眺めていた。父は、新しく建つ家を見てきた帰りに、娘たちにソフトクリームを食べさせたりしている自分に照れていたのである。

家族とともに、自分が幸せにしている、という状況に直面した時、父はつねにそのことに照れる、というか、その状況に対して妙に客観的になり、それもいいのだ、と自分をむりに納得させているようなところがあった。一瞬訪れた人生の幸福な場面を、素直によろこべない、よろこぶことに対してためらいを感じる。それは、あの大戦を生きのびた父の、大勢の死者達に対する引け目、あるいは申し訳なさの、撚糸のようにからまった複雑な心情からくるものだったのだろうか。そしてまた、幸福ではなかった幼年時代の自分が、新しい家族を持ち、そして幸福を感じる瞬間がある、ということへの照れなのか、その両方の入り混じった感情だったのだろうか。

が、とにかく父は、子供にもはっきりと分るくらい照れていた。

昭和三十四年十二月、埋めたて地の新しい医院は完成し、私達一家はそこへ引越した。

父の新しい出発と入れかわるように、祖父は現役を引退し、橘湾の家に住むようになった。したがって、それまで橘湾の家に住んでいた父の弟夫婦は、また日和佐に戻ってきた。

翌年のお正月に、私達一家は新年のあいさつをするために橘湾の祖父の家を訪ねた。この時は養女に出た二人をのぞいて、父の兄弟姉妹のほぼ全員が集まり、何人ものいとこ達もきていた。丹生の家にあった大きな細長いテーブルが運ばれていて、祖父はその一番端にすわり、一同を見まわして、孫のひとりひとりに何年生になったか、とか勉強はしているか、などと尋ね、祖母からはお年玉が手渡される。

それがすむと、皆はにぎやかに話しながら酒をくみかわし、ごちそうをいただく。私は祖母の手づくりのみかんのゼリーが好物だったが、それを食べたり、小皿や料理を運ぶ手伝いをした。

父は、といえば、皆が酒をのみ、楽しそうにおしゃべりしているのに、父だけは祖父のすぐ傍らに行き、正座して、ぼそぼそとなにやら話をしているのである。

私はこの時の父の緊張ぶりを、今でもはっきりと思い出す。父は正座した太腿の上に両手をつっぱるように置き、祖父と対話していた。痩せた、顎の青い父の顔。王将のような祖父の角ばった顔。一時期は重症の結核患者であった祖父はその後回復し、七十代後半になって現役の医師を引退したとはいえ、血色はよく頬もつやつやしていて、祖母にかしづかれて暮していた。

いつもは腕組みして学校の行事を見にきたり、尊大な口をきく父が、祖父の前で両手をつっぱり、縮こまるように肩をすぼめている。

その両手も肩も、ふるえているようにさえ見えた。いったい何を話しているのか私には分らない。あるいは父は新しく建てた医院のことをいろいろと報告し、祖父はそれに対して「しっかりやれ」と、父を激励していたのかもしれない。それにしても、父の、祖父の前での萎縮ぶりは、子供の私の目で見ても異様なほどであったのだが、皆はあまり二人のようすに関心を払うわけでもなく、父の一番末の弟が信州で買ってきたイナゴの缶詰か何かをあけて食べたり、知り合いの誰かが山へ行って鉄砲でえものを仕留めた話などをにぎやかにしていた。

子供達はそろそろ家の中にいることにあきたので、庭に出て、灯籠の傍らにある池の金魚にえさをやったりして遊んだ。いとこ達のうちの何人かは湾の方へ遊びに行ったが、私は家に残って縁側に腰かけ、よく手入れされた松や梅の木をながめていた。廊下の端にあるご不浄を使って、手を洗っていると、祖父が祖母を伴って、縁側に面した炬燵のあるへやに入ってくるのが見えた。話し疲れて、少し休みたかったのだろう。祖母がかいがいしく祖父の世話をやいて、座布団をととのえたりしている。祖父は縁側にいる私に気づいてこちらを見た。私は緊張した。祖父は炬燵の中から私に何かいっている。私には何といっているのかよく分らず、まごまごしていた。

「スリッパを持ってこい」

祖父のその命令口調は、ふるえ上がるほどこわかった。廊下にあるスリッパを縁側に持ってこいといっているのだ。後で縁側に出て庭をながめたいから、こちらにおいておけ、というのである。私は「はい」といって、耳たぶをまっ赤にさせ、祖父の命令にしたがってスリッパを縁側の方においた。祖父はじっと、私をにらんだままで、祖母もにこりともしなかった。父の思いが伝染したかのように、祖父は私をこわがらせ、萎縮させるのであった。

祖父は和食での祭りの仮装行列の時に、二番目の妻の実家から借りた鎧甲を身につけて町中を練り歩いていたという。二番目の妻が存命であった頃の話だから、父が小学生のころだろうか。幼かった父は、オヤジさんが古武士のように鎧甲を身につけ、町中を練り歩く姿を見て、ふるえ上るほど怖かったのではないか。父が私にその話をしたのは、私が学生時代か、もっと後のことだったと思う。ダイニング・キッチンでの夕食の時、父は日本酒をコップに半分ほど注ぎ、どこか一点を見据えるようにして、何か大きなヒミツを私に打ちあけるように、低い声で話したのだ。

鎧甲を身につけて練り歩いていたオヤジさんの姿は、五十代、六十代になってもまだ父の脳細胞にくっきりと焼きついたままであったのだ。父にとってオヤジさんとは、鎧甲をつけ堂々と練り歩く姿そのものだったのだろうか。

祖父の石灰岩の採掘事業について、父は、

「銀座の松屋デパートの一、二階の階段あたりの壁に使ってあるのが阿波の大理石で、うちのオヤジさんの会社が掘り出したものだ」

と、つねづね語っていた。

この稿を書いている時、思いついて、私は銀座の松屋デパートに行ってその大理石を確かめてみることにした。デパートはちょうど夏のバーゲンセールの期間でにぎわっていたが、さっそく一、二階の階段に行ってみると、壁には、たしかに大理石が使われている。一、二階だけではなく、六階まで同じ大理石の壁になっていて、黒、グレー、褐色の入りまじった文様が複雑にからみあっている。全体に朱色がかっていて、古めかしい感じがする。これが阿波の大理石なのだろうか。最近の建物では、ついぞ見かけない、南の太陽光線を取りこんだような暖色のその大理石を、私はつくづくと眺めたものだった。

あとでデパートの管財部の方に電話でたしかめてみると、

「とても古いものなので、残念ながら、その大理石についての資料は残っていないのですが」

とのことであった。私が事情を話すと、

「大正十四年に建てられたことは確かですから、この大理石はその時搬入されたことになります。それは確かです。年代が合いますか」

大正十四年といえば、父が七歳の時で、そのあと祖父の事業が失敗し、家中に赤紙が張られるのを目撃しているから、ぴったり年代は合致する。

「そうです、確かに、その頃です」

と私がいうと、係の人は、

「この大理石はクラシックで、二度とない貴重なものだから、大事にしようと関係者たちとも話しているんですよ」

と話してくれた。私は、これが、父のいっていた祖父の事業の大理石だと確信し、丁寧にお礼をのべて電話をきった。父の話をきいてから何十年ぶりかでそのことを確認できたのであった。

第五章

1

葦原の埋めたて地に建つ、新しい家での生活が始まった。日和佐町の昭和三十五年の人口を町役場に問い合わせてみると、五年ごとの国勢調査では、八千八百八十九人である。

出生数は、というと、私達一家がこの町に来た昭和三十二年は、百三十五人、以下年ごとに見てみると、

昭和三十三年　百五十九人
昭和三十四年　百五十九人
昭和三十五年　百三十七人
昭和三十六年　百五十九人
昭和三十七年　百六十四人

昭和三十八年　百六十六人
昭和三十九年　百六十六人
昭和四十年　　百四十六人
昭和四十一年　百十人
昭和四十二年　百五十七人
昭和四十三年　百八人

となっていて、昭和三十八、九年がピークで、昭和四十五年からは百名前後となる。むろんこの赤ン坊の全てが父の医院で生まれたわけではないが、父はちょうどこの町の出生数がピークをむかえる頃に産婦人科医院を開業したということになる。

町には産婆さんもいたが、産婆さんの手に負えない妊婦が緊急で運ばれてきたりした。当時、漁師の家では塩辛い干魚を食べることが多く、その妻も塩分を多く取るので妊娠腎炎や妊娠中毒症になり、分娩時に子癇を起し帝王切開が必要になることがあったのだ。夜中に緊急手術ということになると、父のすぐ下の妹の夫（義弟）が、和食のさらに奥の延野から、舗装もされていない道をオートバイか車で峠を越えてかけつけてくれる。父は、医師であるこの義弟にも大いに助けられたわけで、「相すまぬことです」と口癖のように言っていた。

医院は道路に面して診察室、待合室、薬局があり、中庭をはさんでぐるりと逆コの字型に分娩室と三つの入院室、浴室、台所、配膳室が配され、入院室の対面に住宅が作られていたが畳敷の看護婦室も、住宅の一部も入院室が満杯になると臨時に使われた。建物の北側は防風のために高い塀がほどこされ、道路側にはイブキが並べて植えられた。父は台風の時の強風を考えて、家を平屋にし、防風対策も考えたのだろう。しかし、道路をはさんで向い側に入江があり、その入江から、数年後に高潮が襲ってこようとは、父は考えてもみなかったようだ。だが、それはまだ後のことで、父はこの新しい医院にくる大勢の患者の診察におわれるような日々を過していた。

毎年春になると、医院にはイワツバメが巣を作りにやってきた。医院の玄関にはゆるい傾斜のある小さなアプローチがあり、その上に庇を作ってあったので、イワツバメにはその庇の裏側が、巣作りに最適であったらしい。せっせと藁などをはこんで巣を作り、梅雨時には小さなヒナが口をあけていっせいに泣いては親鳥の運ぶ餌を待っていた。向いの二階屋の軒先にも、イワツバメは巣を作っていたから、埋めたて地の小さな新興住宅地の付近は子育てに忙しいイワツバメ達が入江の潮の香の混った大気を真上から切るように、さかんに飛び回っていた。

母の強い希望でこの町にやってきた父は相変わらず「魚がうまいと思ってきたのに、新鮮な魚はみんな京阪神に出てしまう」とか、「本屋が一軒しかない」、「海と空しかない」と、不満を言いたてていたが、毎日大勢やってくる患者さんを診るのにせいいっぱいというふうで、あれこれ他のことを考えるゆとりはなかったのだと思う。

小さな町の開業医というのは、専門外の病気も診なくてはならない。父の医院の他に小児科も内科もこの町にはあったが、それでも父は看板に内科、外科、小児科と、専門以外の診療科目を書いていたし、時には耳鼻科や眼科に行くような患者もやってくる。

朝九時から、二時間の昼食休みをはさんで五時まで働く毎日だったし、時には夜中にドンドン戸を叩く音で起されて、そのままお産になり、翌朝もつづいて診察、ということもある。

「先生、急に陣痛が始まりまして」と妊婦さんと家族がやってくると　母も当然起きねばならず、「湯を沸かせ」という父の声や、母が看護婦さんに電話をする声、バタバタと妊婦の家族が向うの棟の廊下を行きかう音がひびいていたが、子供達はそんな音にも慣れて、平気で眠り、暁方、生まれたばかりの赤ン坊の泣き声で起されたりした。

また、出産まぎわの妊婦さんが、破水しましたといってタクシーでかけつけてきて、そのままタクシーの中でお産、ということもあったし、ボールを追いかけていて中庭に入ると、

「もう少しだ、もう少し、力を入れて。頭が見えてきたぞ！」

という父の緊迫した声が、分娩室からきこえてくることもあった。

家族にとって、そんな場面は日常のひとコマにすぎなかったのである。

医師である父は、出産という現象を、女性の体のメカニズムとして、科学的にとらえていたのだが、ある時、ふと、

「神秘だね」

と、洩らしたことがある。

「科学的には解明できても、どうしても分らないところがあるね。神秘、としかいいようのないところがある」

中学生だった私は何となくきき流していたのだが、父は出産に立ちあうたびに、その「神秘」を感じていたのかもしれない。

「女性が、出産に耐える力を持っているというのは大したものだ。どうしてもっと声を大にしてそういう力を持つ女性を大事にするように、権利を主張しないのかね」

そういう父は、といえば、日常の生活では母に対してはいつも、命令口調であれこれ言いつけるのであった。

以前の借家は古い民家がひしめくように並ぶ狭い町中にあったが、今度は入江の広い埋めたて地なので、私達一家はのびのびした気分になっていた。

母は、広い庭を利用して、じゃがいもやイチゴを植え、それを収穫しては肉じゃがやイチゴジャムを作り、夏には軒先にいくつものへチマが実って暑さよけになっていた。

母はこの、広々とした埋めたて地での生活を大いに楽しんでいた。家族水いらずで暮せたし、それに、この頃から氷を入れて使う冷蔵庫とか電気炊飯器とか電気洗濯機などが増えていった。

父は新しいもの好きであったから、次々にそれらの品を買い求めたのだ。

特に父のお気に入りは、四角い箱型のステレオセットで、ベートーベンの交響曲やドヴォルザークの「新世界交響曲」を書斎の肘掛け椅子で目を閉じてきいていた。テレビも買ったが、ステレオと並んで書斎においてあったので、子供達はあまり自由に見ることができない。が、両親が忙しくて夕食を共にできない時など、私達はこっそり、母の作ってくれた夕食のお弁当(ごはんの上にいり玉子とソーセージがのせてある)を書斎に持っていって、テレビの漫画を見ながら食べた。

父は、広々とした海辺のこの土地に家を建て、書斎でステレオから流れる「新世界交響曲」をきくような生活に満足していたのだろうか。やっと手に入れた家族水いらずの生活を、どう思っていたのだろうか。

音楽をきいている父は、その頃の私には、満足げに見えた。医院は活気があったし、産室には赤ン坊の泣き声がたえず、退院すると赤ン坊の両親がそろって赤飯や紅白のおまんじゅうを持ってお礼にくる。毎日のようにそれらが届いたこともあり、母は重箱の赤飯や紅白のおまんじゅうを皿に移すと、その重箱に新しい半紙を折って入れてお返しした。

時おり、父と母が言い争いをしているのをきいたこともあるが、それはどこの夫婦にもある小さないさかいだったのかもしれず、私はあまり気にもとめなかった。ただ、時おり父がひどく大きな声で母をどなるのだけは、身のすくむ思いできいていた。この新しい医院での多忙な日々の中で、父は時おりそんな小爆発をおこしていたのだが、小学校高学年を迎えていた私は相かわらず遊ぶことに夢中で、父のそんな小爆発にかかわってはいられなかったのである。

2

私達の遊び場はいっきに広がった。

広い庭があり、隣はキャベツ畑、裏は田圃で、春はれんげ畑になり秋には小麦畑となった。田圃のとなりも医院の北側も、何もない空地だったから近所の子供達の絶好の遊び場で、くる日もくる日も私達は遊びまわった。この頃私はただ、遊んでいた、という記憶しかない。

そんなある日、父の激昂をかったことがあった。兄が近所の酒屋でコカ・コーラを買ってきた時だ。父はそのコカ・コーラのくびれた瓶を見つけると、

「そんなものを飲むなァ!」

と、ひどく怒ったのだ。しかたなく兄はそれを勉強机の引出しに隠し、あとで私も飲んだが、大しておいしくはなかった。私にはなぜこれほど父が怒るのか理解できなかった。ずっと後、私が大学生になった頃、ジーンズをはいて墓参に行こうとした時も父は激昂したことがある。アメリカを象徴する飲み物や衣類を父はこの家に入れたくなかったのだろうか。とはいっても

新しい電化製品は好んで買っていたのだから、父の中にも矛盾が生じていたのだろうか。が、コカ・コーラとジーンズに対する拒否反応だけは、長い間変わらなかった。

兄は隣の空地に丸太ン棒とか土管、木の枝などでヒミツ基地を作り、「少年探偵団」を結成したので、私も妹もそれに入れてもらった。近所の子供達数人も団員になり、それぞれ小さなメモ用紙を渡されて何かふしぎなこと、あるいは事件があればこれに書き、すぐに団長（兄）に報告するようにいわれた。で、学校から帰るとエンピツとメモ用紙を持って近所を走り回ったが、事件など起きようはずもなく、どこかの猫がいなくなったことくらいしか報告のしようがない。兄達幹部の者はヒミツ基地で団員の報告を待っていたが、誰もこないので、皆でどこかに遊びに行ってしまった。

私は隣のキャベツ畑で青虫やサナギを採集し、それを虫籠に入れて蝶へと羽化させることや、買ってもらった小さな顕微鏡で、花粉や虫の脚をのぞいたりすることに熱中し、またある時はアリを尾行して巣を掘りだしたりした。地下にあるアリの帝国を想像し、それが見たくて土を掘り返したのだが、見つけたのは大きな女王アリがたくさんの働きアリと共に逃げだす悲惨な場面であった。

この埋めたて地の家では他に、蛇、サワガニ、カエルなどのたくさんの生き物に出会った。へやの中で蛇がとぐろを巻いていたこともある。ハエもたくさんいて、父はいつも手許にハエたたきをおき、ピシャリと一発でハエをしとめた。風呂場に小さなアマガエルやサワガニがいるのはあたりまえのことで誰も驚かなかったし、サワガニが赤い爪を立てて廊下の隅を這っていても、皆、無視していた。

入江で遊ぶことだけは危険なので禁じられていたが、兄はある日、友人達とこっそり入江に行き、繋留してある小舟に乗り移って遊んでいて海におちてしまい、ずぶぬれになって帰って父に大目玉を喰ったことがあった。

浜辺までは約一キロと、少し遠くなってしまったのが残念だったが、私達は、暗くなるまで遊び呆けて、ただ遊ぶことしか考えていなかった。

この頃、父は時おり、橋のふもとにある小さな赤提灯の居酒屋に出かけるようになっていた。日曜日には徳島市内で開かれる医師会などに出かけることもあり、そんな時は必ず子供達にチョコレートボンボンを買ってくる父であったが、産婦人科医という仕事柄、めったに家をあけられない。時には外でお酒を飲むことくらい、と母も思っていたのだろう。特に何もいわなかった。が、連日のように仕事が終ると飲みに行き、深夜に悪酔いして帰り、洗面所で吐くとなると、母もさすがによい顔はしない。夜中に、悪酔いした父が寝室で苦しそうに嘔吐するのが私のへやにもきこえてくることもあった。いったいなぜ、そんなになるまで父は酒を飲まねばならないのか。その頃の私は考えたこともなかった。

夕方になると、父を居酒屋に誘いにくる男の人があった。ごわごわした上着を着た、声の太い人で、おそらく、どこかの店の主人だったのかもしれない。その人がくると、母は露骨にいやな顔をした。

が、父はその人と一緒に飲みに出かける。私と妹は母にたのまれて、帰るように呼びに行かされたことがあった。赤提灯の前で店をのぞくと、カウンター席にいた父は私達を見て「オーッ」と片手を上げ、それっきり知らん顔でまた飲みつづけている。ヤキトリの匂いと酒の匂いのする店には数人の男の客がいて、父と隣の席の男の人は赤い顔をして何やら熱心にしゃべっていた。

「先生、飲みに行かんか」

と、かなり酔ったその人が夕食を終えた父を呼びにくることもあった。そんな時には父は母が止めるのをふりきって出かけていった。

父とその男の人はいったい何をあんなに熱心にしゃべっていたのだろう。父はなぜあんなに悪酔いして夜中に苦しそうに吐くほど飲まねばならなかったのだろう。

あるいは父は、子供達へのおみやげにチョコレートボンボンを買って帰る自分に対して、ある違和感をいだいていたのだろうか。家庭の幸福を感じている自分を、これでいいのか、と問うもうひとりの自分がいて、その落差を埋めるために酒を必要としたのか。あるいは戦争中のことや、死んだ友人たちを思い出していたたまれなくなったのだろうか。人の命にかかわる医師という仕事でのストレスを発散したかったのか。

　新時代の父親像を、無理に演じているようなところが父にはあった。医師会の帰りに子供達におみやげを買う者など自分だけだ、と父は母にいいつつ、チョコレートボンボンの包みをわたす。子供達は銀紙にくるまれたそのお菓子を寝床にまで持っていき、翌日大切に食べる。家庭を、子供を大事にし、祖父のような、子供を殴ったり縛ったりするような父親にはなるまい、と思ったのだろう。それなら、戦後の、新時代の父親像のモデルを、どこに求めたのだろう。いや、そんなものがあったのだろうか。

　子供達はどんどん大きくなってゆき、医院は地元に根づきはじめ、どうやら自分はここで町医者としてこれから何十年も過すことになりそうだ。そう思った時、父に必要だったのは酒、であったのだろうか。

3

　父が深酒をするようになっても、私達はそんなことはおかまいなしに、この町のあちこちで遊び回った。この町そのものが、私達にとっては広大な遊び場で、ある時は川、ある時は浜、あるいは土手、田圃、畑と、くりだしては遊んだ。

　しかし、埋め立て地の一方の端はまだ葦の湿地帯で、その湿地帯への入口あたりに「蛇責めの石」という石をまつった小さな祠があり、そこから先へは、子供達はあまり行かなかった。

町の伝説によると、昔入江に張り出した山の上にお城があり、そのお城の殿様に仕える女中がいた。女中は毎日、おいしい汁を作って殿様にお出しする。そこで殿様はどんなだしを使っているのかとふしぎに思って女中に問いただすと、その女中は蛇をだしに使っていることがわかった。殿様は激怒して、その女中と、蛇をカメに入れ大きな石の重しをして埋めてしまった。

子供達は皆この伝説を知っていたので、怖くて祠から先へは近づかなかったのだ。

その「蛇責めの石」のある祠から北へ約一キロほどの川の上流が天神で、箒橋はこのあたりにあった。鬱蒼と笹がおい茂り、深緑色の川面に重そうにたれさがっている。そのあたりはとても深くて危険なのだが、少し離れた、中洲のあるあたりには祖父と螢狩りにきたこともあり、新しい家に引越してからもよく遊びにいった。

小学校高学年になると、すでに大人のしるしを見ているという噂の、大柄な女の子も何人かいて、「あの子はもう……」というひそひそ話が女の子のあいだでひろがっていた。

ある日、そんな微妙な年ごろの女の子達数人で、つれだって箒橋の近く、中洲のあたりへ泳ぎに出かけた。夏には水泳の授業もあり、その時は海に近い、厄除け橋の下にある広い川原で泳ぐのだが、微妙な年ごろの女の子達はそんなあけっぴろげな明るい川原よりも、笹の葉先が川面にたれ、川べりには夏草の茂る天神の方を好んだのである。

夏休みのはじまったばかりの頃で、入道雲が下界に落下しそうなほど重々しく浮び、うるさいほどセミが鳴いていた。

そこは四、五歳の頃阿波踊りの連の先頭に立って通った「笹山」のあたりでもあったが、この頃はもう私は踊らなくなっていた。何をあんなにはしゃいで先頭で踊っていたのだろうと、その頃の自分を、ちょっと高みから見下ろすように思っていたのだ。

女の子達はむっとするような草いきれの中にしゃがんで下着をぬぎ、紺の学校の水着に着がえた。すでに大人になっているという噂の、大柄な里子も草むらの中にしゃがみ、着がえていた。里子は水着の上からも胸のふくらみが分るので、男子も一緒の水泳の授業ではいつも背中を丸め、両腕で胸をかくすようにしていた。

すべての夏草の葉先には、ごく小さなトゲがあって、それがむきだしの太腿やお尻をチクチクと刺してくる。何だかふしぎな感触であった。葉のトゲが膚にふれると妙に甘ったるいような、せつないような感情がよぎる。まわりにはトンボや蝶や小さな虫がいるけれど、私達のほかに人はいない。入道雲がまぶしく光って時おり太陽を隠している。

スカートと下着とサンダルの上に、持ってきたバスタオルをかぶせると、水着になった私達は、草むらの中へ細い道をはだしで降りていき、冷たい川の中に入った。

橋の下、笹の枝がたれているあたりは緑色の寒天のように水が固まって見えていて、そのあたりが危険なことは、私達も充分にこころえているから、そこを避け、中洲のあるあたりで潜ったり小魚を追いかけて遊ぶ。川面に水が反射して、白い入道雲を映している。小魚を石でせき止めたり、浅瀬で石を積むことに飽きると、胸まで深さのある方へ行ってひと泳ぎする。里子も泳いでいた。

どのくらい時間が過ぎただろう。いつのまにか入道雲がその嵩を水平に拡げていて、灰色と黒っぽい雲に変化していた。雨の粒がおちてくる。私達は中洲に上ってひと休みすることにした。幸い、たいした雨ではなかった。雲はきれつつあった。なんだ、と思った。

水着を着ているのだから、濡れても平気、と誰かが言うと、皆は笑った。

その時、急に川の水があふれてきた。私達のいるあたりの雨は大したことはなかったが、もっと上流の方で降ったのだろう。水はあふれてあっというまに中洲はほとんど水没してしまった。

岸まで、泳いで渡るしかない。それでも皆、わりあいのんびりしていた。私は里子と一緒に渡りだした。大した距離ではない。五メートルくらいだろうか。最初は歩いてみた。思ったより深くはなかった。私達は少しずつ進んだ。里子がふりむいて甲高い声で大丈夫か、と言った。ぬれたおかっぱの髪が頬に張りついて、里子は大人の女に見えた。

渡れるだろうか。恐怖が私の体を硬くした。岸に近づくと流れはとても早くなり、足は川底につかなくなった。水は濁っていて胸を圧するように重く、しかも気の遠くなるほど大量であった。水の抵抗を押して進もうとすると足がすくわれた。何とか足をバタつかせて前へ進んだ。

ふと見ると、すぐ前を黒っぽい蛇が泳いでいるのが見えた。

「あっ」と声をあげると里子も声をあげたけれど、案外平気な顔をしている。水の勢いはおさまらなかった。が、蛇は軽々と、私達をあざけるようにくねりながら泳いでどこかへ消えた。

私達は皆やっとどうにか岸へ戻ることができた。皆、バスタオルにくるまってふるえていたが、どうということはない、という顔をしていた。私達は決してこのことは親にはしゃべらない、と暗黙のうちに決めていた。むろん私もしゃべらなかった。

私達は、もう二度と川で遊ぶな、と言われることを何よりもおそれていたのだ。

遊び呆けていても私達には夕方になると必ずせねばならない仕事があった。

風呂焚き、である。五時頃になると兄も私も妹もそれぞれの遊び場から家に戻り、裏の田圃に面した風呂の焚き口近くにやってくる。

母がすでに大きな薪を焚き口に放りこんで燃やしているので、その火が消えないよう、積んである薪を次々に入れてゆかねばならないのだ。あまり一度に入れてしまうと狭い焚き口は塞がれて火が消えてしまう。といって、少なすぎるとすぐに薪が燃えつきてしまうので、そのかげんがむづかしい。稲刈りの終った頃だと、広い田んぼで近所の子供達が集まって野球やドッジボールをやっている。私達もそれに加わるから風呂焚きの仕事はついおろそかになって火が消えてしまい母に叱られたりするから、つねに焚き口を注意して見ていなくてはならない。

家は田圃よりやや上に造成された土地の上に建っているから、遊んでいてもちょうど子供の目線上に焚き口の火が見える。その赤い火が消えそうだ、と思ったら、ボールを投げるのを中断して薪をくべに走ってゆく。

時々、母がサツマイモを放りこんでおいてくれるから、風呂が沸く頃にはサツマイモも焼けている、ということになって、近所の友達も一緒にやけどしそうになりながら頬ばった。

4

残念なのは、浜辺への距離が約一キロと、遠くなってしまったことで、私は時おり近所の年上の友達に自転車でつれていってもらったりしていた。いつでも好きな時に行きたくて何とか自転車がほしいと思っていたが、ようやく母が子供用の自転車を買ってくれた。すでに兄は自転車を乗りこなしていたので、私はさっそく兄や年上の友達の協力をえて自転車の練習をはじめた。そして何とか乗りこなせるようになると、町のあちこちを走り回った。

町の道路の舗装はまだ完全ではなく、家の前から橋へつづくゆるい坂も砂利道で、でこぼこしていたが、私は平気でいっきにその坂を自転車で走りおりていた。が、これにはつねに危険がともない、自転車と共にころんでは膝にすり傷を負ってばかりだった。

徳島では膝のことを、つぶし、という。たぶん古語なのだろう。私のつぶしは、いつもかさぶたがたえなかった。

ある日、私は妹をのせてこの坂を猛スピードで走りおりるという暴挙にでた。ところが、ひとりの時とはかってがちがって、自転車は坂の途中でふらつきはじめ、砂利道の右へ左へと大きくぶれだした。

ハンドルは全く私の意志を無視しているように、固く、こわばってしまっている。まるで道路の裏側に大きな磁石があって、私の自転車はその磁石に支配されて右へ、左へと動いているかのようだった。

坂の途中にある食料品店のおじいさんが表に出した椅子に腰かけてこちらを見ていた。このおじいさんは中風病みで、いつも片手をふるわせながら道行く人に声をかけるのを楽しみにしていて、私とも懇意であった。自転車が大きくぶれだした時、そのおじいさんが立ち上がって何か叫ぶのを私は目の端でとらえていた。黒ぶちの眼鏡をかけ、無精髭をはやしたそのおじいさんはたぶん、よろよろしながらバランスをくずし坂道を下ってゆく私の自転車を見て「あぶないぞ」といっていたのかもしれない。

私と妹は坂を下りきったとたん、自転車ごと横転した。妹は大声で泣きだした。膝を打ったらしくて皮膚がすりむけ血が出ていた。私も掌と膝にけがをしていた。食料品店のおじいさんがよろよろと体を左右にゆらせながら、でこぼこの砂利道をこちらに向ってやってくるのが見えた。私はおじいさんに助けられつつ、自転車を押し、泣いている妹と共に家に帰った。まだ町にはあまり車が走っていなかった。

母がひきつった顔で出てきて、私と妹はすぐに診察室につれていかれた。幸い二人共、ケガは大したことはなかったが、それから毎日、私と妹は包帯をかえるために学校から帰ると診察室に通わなければならなかった。診察室の大きな机の上には立派な顕微鏡がおいてあったが、それは父が鎮海から大切に持って帰ったものだったのだろう。

糊のきいた白衣をきた父は、ピンセットで傷口のガーゼをはがし、消毒をし、新しいガーゼを当てた。ガーゼをはがす時はひどく痛んだ。

ちょうどその頃、私はトラコーマにもかかっていて、父に毎日黄色い軟膏を目に入れてもらっていたので、目と膝の両方を治療してもらわねばならず、ゆううつな日々を過した。目に入れる軟膏はベタベタして、しばらくはガーゼでおさえていなくてはならないのだ。薬が完全に目にしみとおると目をあけるのだが、視界はぼやけ、睫毛は糊でもくっついているようで、何もできず家にいるしかなかった。

自転車が横転してケガをしても、それが治り、トラコーマもよくなると私はまた凝りずに近所の友達と遊びまわり、裏のれんげ畑で大きなアブにまぶたの上を刺されて、再び診察室にかけこまねばならなかった。

注射を打ってもらったが、私のまぶたは醜く腫れ上りひどい顔になった。

ちょうど春休みだったので学校にいかずにすんだが、友達やいとこ達が遊びにきた時も、食事の時も私は二段ベッドの上段の奥にかくれて誰とも会わないようにしていた。母や妹が食事を運んでくるたびに私の顔を見て「プッ」と吹き出すので、私のゆううつは増すばかりであった。

「魚がうまいと思ってこの町に来たんだ」

などといっていた父は、食事にはうるさかった。が、私の目から見ても母はあまり料理が得意とはいえず、父はいつも文句をいう。お手伝いさんと一緒に母が作る入院患者用の煮物が食卓に出されることもあったが、それはたいていやわらかすぎた。

その頃、六畳の茶の間での食卓に出されたメニューは、ブリの照焼、刺身、トンカツやすき焼き、たまにはステーキなどであったが、それは父が同席できる時で、両親が忙しく子供達だけの時はお弁当箱のごはんの上にソーセージといり玉子だけ、というメニューが毎日のようにつづく。そんなあとに、ナイフとフォークが食卓に並んでいるのを見ると今日は肉料理だ、と期待がふくらむ。父にいわれたのか、母はキャベツを生で食べる時には洗剤でいちいちよく洗っていた。

すき焼きは父の好物で、これさえ出しておけば父は満足だからよく食卓に上った。

父はかんしゃくを起し、苛立ちを見せるようになっていて、母は困惑し、母なりに父の好物で機嫌をとることを思いついたのかもしれない。母が感づきはじめたであろう父の得体のしれないひどいかんしゃくについては、その頃の私はあまり気にもとめていなかったのだが、母が何とか父の機嫌をよくして、よい状態にしておきたい、という気持ちは子供心にもよく伝わってきたし、父の機嫌がよいと私達もほっとした。

何しろ開業医の父の職場と私達の棲処は同じ敷地内にあるのだから、四六時中父は家族の近くにいるわけで、父の機嫌のよしあしが家族に及ぼす影響は大きかったのだ。

町に一軒しかない肉屋さんが配達してくれるすき焼き用の肉を、父は必ず自分で焼いた。父には父のこだわりがあり、母には決して作らせない。

日本酒をちびちび飲みながら、まず、食卓の電気コンロにのせられた鉄鍋に牛の脂身をのせる。うす紫色の煙が立ちのぼるまで鉄鍋を充分熱してから、一枚一枚肉を焼いてゆく。それから豆腐、ネギ、春菊、糸こんにゃくを入れ、酒を少しとさとう、しょうゆを入れる。父はこのやり方に、あくまでもこだわっていた。

すき焼きは私も好物であったが、カツオの刺身をあついごはんの上にのせ、その上にしょうゆと番茶をかけて食べる「茶ずまし」だけは好きになれなかった。が、これは父の大好物であったし、父の機嫌がよくなるから母はひんぱんに食卓に出した。父もさすがに自分の健康のことを考慮したのだろう。この頃には居酒屋通いもやめており、よく父を誘いにきていたあの男性もこなくなっていた。父には心臓弁膜症の持病があり、ここで深酒をやめたことは医者としての判断でもあったのだろうが、晩酌はやめなかったから、母も自宅で少しずつ飲むようになった父に気を使っていたのだ。夕食のメニューは、父の好みが最優先されていた。

カツオが食卓に出ていると、私はああ今日も茶ずましか、と思って気が重くなった。カツオの上にしょうゆをかけ、あつい番茶を注ぐとすまし汁のような味になり、それで茶ずまし、というのだろうが、子供にとっては湯の中で生煮えのようになったカツオの刺身はかむと、舌にぬるりと触れる感触が生ぐさく、それがいやだったのだ。が、父は「どうだ、うまいだろう」といって上機嫌で食べるので、しかたなく私達もおいしそうに食べるのである。

茶ずましを食べていると、裏の稲田の方からグエッグエッというトノサマガエルの鳴き声がきこえた。それはとてつもなく大きな声で、まるでそのカエルがこのあたり一帯のみならず、宇宙をも支配しているようだった。ハエもたくさん飛んでいた。父はいつも手許にハエたたきをおいて、食卓の端にとまっているハエをぴしっとたたき、一発でしとめた。

周囲に少しずつ住宅が建ちつつあった。

この頃、食卓には大皿に盛ったエビカニもよく上った。

伊勢エビを平たくしたようなエビのような、カニのような形をしていたので、私達はこれをエビカニと呼んでいたのだが、私はこれもあまり好きではなかった。が、やはり父が好んだので、ある時期には茶ずましとエビカニが連日、交互に出ていたこともあった。

赤く茹で上がったエビカニが大皿に山のように盛ってあり、家じゅうに甲殻類の茹で汁の匂いがただよっている。遊び疲れて帰ってこの匂いをかぐと、「ああ、今日もエビカニか」と力が抜けてゆくのを感じた。洗面所で手を洗ってから茶の間に行くと、案の定、赤いエビカニが重なって皿に盛ってあり、黒い小さな実のようなたくさんの目がじっとこちらをにらんでいる。「おっ、エビカニか」と、診察を終えた父がやってきて、食卓の前にすわる。日本酒を冷やでのみながら、父はエビカニを一つ手にとって、パカッと真中で割る。エビカニは赤い殻から白い身をむき出しにされ、みじめな姿で私の前にさらされる。

「ほれ、うまそうだ」

父がしんせつに身をむいてくれるので、母は「食べなさい、食べなさい」といって子供達にすすめるのだが、私はあまり食べられなかった。

エビカニは次々に私達家族に食べられてゆき、大皿には家族五人分の、山のような赤い殻だけが残った。が、このエビカニはほんの一時期私達の食卓をにぎわしただけで、いつのまにか消え、それ以来私は一度もお目にかかっていない。

5

四国は台風の通り道である。太平洋に面した日和佐町は、ひんぱんに大きな台風の被害を受けていて、葦原の埋めたて地に建つ小さな平屋の医院もこの暴風雨に何度もたえねばならなかった。

医院が建って二年後の昭和三十六年九月十六日、第二室戸台風がこの町を襲った。平均風速は二七・五メートル、瞬間最大風速は六〇メートルを超え、最低気圧は徳島地方気象台はじまって以来の九三〇ミリバール。台風の通過時と満潮時と重なり、県下でも高潮の被害が大きく、日和佐町では住宅の全壊や半壊、床上浸水などの被害も出た。

大きな台風の襲来となると、近所の家々でも瓦屋根に網をかぶせたり、玄関や雨戸を打ちつけたり、かんぬきをかけたりする。父も兄に手伝わせて、しっかりと医院の玄関ドアを板で打ちつけ、雨戸にはすべてかんぬきをかけ、準備をおこたらなかった。

町の人達はそわそわして忙しそうに往来を行き来しているのだが、母も気ぜわしそうにロウソクの準備をしたり、やかんに水をくんだり、ごはんを炊いておにぎりを作ったりしている。台風のくる日は生温かな海風に濃い潮の香が混っていて、南方の巨大な雲の壁が渦を巻きながらこちらへ近づきつつあることを予感させていた。

私と妹は坂の途中にある食料品店へ鮭や牛肉の缶詰を買いにやらされた。空にはまっ黒な雲、灰色の雲がびゅんびゅん北へと移動していて、風も強くなってきている。家に戻ると父達はもう作業を終え、皆は茶の間に集まっていた。トランジスタラジオの情報ではどうやら大きな台風は室戸岬を通過し、こちらに向っているらしいことが分る。

やがて風雨がはげしさを増してきた。

横なぐりの雨が住宅の屋根を叩きつける音がして、どこかの戸が暴風にあおられてバタバタと大きな音をたてていた。私達一家はキャンプでもしているように缶詰をあけ、せかされるように食事をすませてしまった。

大きな爪で空をひっかいているような音がし、電気が消えると、母はいそいでロウソクをお菓子の空缶の上に立てた。入院していた患者さんはすべて帰宅してもらって、この医院にいるのは家族だけになっていたが、川の向う側に住む叔父が、カッパを着こんでやってきて、満潮は何時頃だとか川の増水の状態などを伝えてくれた。川の堤防は何とか持ちこたえているらしい。

水産試験場に勤めるこの叔父が帰ってしまうと、父は入院室や診察室の方へ見回りに行き、母は台所を片づけたりしている。私はこっそりガラス戸と雨戸をほんの数センチあけて、かんぬきのすきまから外のようすを眺めてみることにした。

むろん、誰も歩いてはいない。太い透明な雨が道路をたたきつけるように、ななめに降っている。降っている、というよりも透明でがんじょうなロープが天井から地上に張りめぐらされているようなぐあいで、だから誰もそこを歩くことができない、というふうでもあった。

雨のしぶきは煙ったようになり、風のうなり声が天空にすさまじい音をたてている。その轟きはたしかに恐ろしいのだが、同時になにか胸の深奥がゆさぶられて、人間の卑小さを徹底的に思い知らされるようでもあった。私は、ただ、誰も窓をあけてのぞいてなどいないその光景を、こっそり自分だけがかいま見た、というヒミツめいた興奮をいだいて、またそっと雨戸を閉めた。そのヒミツめいた興奮というのは、この暴れくるう風雨をこわい、と思いながら、どこかでそのはげしさを歓迎している、という自分の矛盾した気持ちに気づいたことも含まれていて、だから誰にもいってはならないのであった。

一方で、この風雨によってこの家がこわれたら、という強い恐怖心もあって、私はその感情のはざまをゆれ、だから台風のあとはひどく疲れてしまうのだ。

台風の去った直後の、むっとするような熱帯を思わせる大気は、微熱があるのではないかとつい額に手をあてたくなるし、また、砂浜に打ち上げられた珍しい貝とか魚とかヤシの実などを早く見に行きたいというあせりもあって、台風の前後は何か憑かれたような状態におちいってしまう。

たいてい学校は休みになっているから、台風のあとは、友達をさそって、生ぬるい潮の匂いのみちた道を歩き、吹き飛ばされた戸板とかシートなどを大人達が片付けているのを横眼で見つつ浜へ向う。

思ったとおり、大量の漂着物が波打ちぎわに沿ってうず高く積み上がっているのを、木ギレを拾って点検してゆく楽しみが、子供達にはあった。

北側をブロック塀、東側をイブキで囲った医院は、第二室戸台風には何とかもちこたえた。

台風の後の楽しみなどと、のんきなことをいえるのは大人に守られている子供達の特権だったのだ、ということを後に私は知ることになる。

昭和四十年九月、私は中学二年になっていた。

第二室戸台風を経験したあとだったが、瞬間最大風速六〇メートル級の風にも、この平屋の家はもちこたえた、という自信が父にもあったのだろう。

台風二十三号の接近を知らせるテレビのニュースは何度も流れていて、私達はまた缶詰を買いこんだりかんぬきをかけたりして台風にそなえていた。この埋め立て地に移ってからもう何度も大きな台風が通過しているので、すでに慣れがあったとはいえ、私達はそなえを怠らなかった。

父は何度もかんぬきを点検し、スレート屋根を見上げていた。近所の二階屋の瓦が、先の第二室戸台風の猛烈な風で何枚も吹きとばされる被害にあっていたが、わが家は平屋だしスレート葺きなので何の被害もなかった。したがって今回の台風もだいじょうぶだろう、というゆだんが、私達にすこしあったのかもしれない。

私達はいつもの台風の時のように茶の間に集まってラジオの情報を聞いていた。高校生になり、列車で五十分ほどの阿南市に下宿していた兄も前日に帰宅していた。雨戸はすべて閉めきってあるので昼間だが真暗で、いつものように母はお菓子の空缶の上にろうそくをつけていた。すでに、何時間か前から停電になっていた。朝から、猛烈な風が吹いていたのだ。ラジオの情報によると、台風は高知県の安芸市に上陸したらしかった。

「直撃だな」

父はいって腕組みしていた。安芸市に上陸したあとこちらに向ってくるのは必至である。

風雨はいっそう強くなり、あちこちの戸がすさまじい音をたてていた。いつもの台風の時と同じく、入院患者は早めに帰ってもらっていた。

茶の間は、道路から最もはなれた、住宅の一番奥にある。後から考えると、風雨の音がすさまじくて、私達には消防団の避難命令の声がよくきこえなかったのだ。外のようすに不安を感じた父がぐるりと廊下をまわって、入院室の廊下側の戸をすこしだけあけて外を見てみた。そこからは、ブロック塀が風雨をふせいでくれるから外のようすも見やすいのだ。

父はあわてたふうに戻ってきた。水が出ている、というのだ。母はろうそくを消し、子供達にレインコートを着るようにいった。父も母もカッパを着、皆いそいで入院室の廊下に来た。

避難しなくてはならなかった。高潮で入江の海水があふれ出したのだ。水産試験場に勤める叔父が、朝方ようすを見にきた時、もしかすると、と話していたとおりになったのだ。

その時、ものすごい風が吹き、いきなり待合室と診察室の間の廊下に太い透明な雨が、ざあっーと降りこんできた。一瞬、何が起きたのか、わからなかった。

「あっ、屋根がとんだっ」

母が、若い女の子のような、かん高い声をだした。スレート屋根の一部が吹きとんだのだ。が、そんなことにかまっている時間はなかった。

父が北側のブロック塀の真中にとりつけてある木の引き戸をあけた。

一面が、海だった。

道路も空き地も水没していた。向いの家々は水の中に建っているように見えた。消防団員が数名ゴムボートにのり、拡声器を使って、

「早く避難して下さぁい。避難していないのはおたくだけですよぉ」

といっている。母は動転したようすで「あれまあ」などといって消防団員に「お願いしますぅ」と手をふった。ようやくゴムボートが戸口に近づいた。兄も妹も消防団員に手をとられてからボートに移った。次は私の番だったが、どういうわけか体がうごかない。私はゴム長靴をはいていて、その片足が溝の中に入ってしまい、ぬけなくなったのだ。

「どうした、しっかりせんか」

父は私が腰をぬかした、と思ったらしい。

「みなちゃん、しっかりしなさい」

母も誤解していた。

「ちがう、片足が溝に……」

といったが、風雨の音に私の声はかき消されてしまった。消防団員が、心配そうにこちらを見て、

「どないしましたァ」

といった
「この子、腰がぬけたようで」

「ちがう、ちがう、足が……」

わめいたが誰もきいてはくれなかった。膝まで水につかりながら消防団員がこちらにやってきて、ひょいと私の両腕をつかむとやっと足が溝からぬけた。私は消防団員におんぶされてゴムボートに移った。父と母もゴムボートにのった。ゴムボートはゆっくりと、五十メートルほどはなれた大きな二階建ての保健所の建物に向って進みはじめた。

すると急に風雨がやんで、あたりは静かになった。

台風の目に入ったのだ。

私達五人は、この騒動ですっかり疲れてしまい、これからどこに向うのか、何をしようとしているのかさえ忘れたふうに放心して、ゴムボートの中でぼんやりしていた。

一面の薄茶色の水の上に、ゴムボートはぷかぷかと浮んでいた。台風のもたらした熱帯の大気の中で、厚かった墨色やねずみ色の雲はあちこちできれて白いうすい雲が見え、ぽっかりと青いすみきった空がのぞいていた。それは空に点在する青い穴のようだった。

私達は空を見上げたり、一面の薄茶色の濁った水がゆれるのを見たりしていた。誰も、何もいわなかった。もし、ぽっかりあいた青い穴から誰かがのぞいているとしたら、この者たちはここでいったい何をしているのか、と思ったことだろう。たしかに、その時私達五人は皆放心したように、これからすぐ近くの保健所に避難するということも忘れて、ゴムボートに浮んでいたのである。

台風は去った。

幸い医院と住宅は少し土台を高くしてあったので浸水はまぬかれたものの、待合室の廊下の屋根は飛んでしまい、水びたしになった。

私は皆に不名誉な誤解をうけたままであった。ただ単に、溝の中に長靴をはいたままの足をとられて抜けなくなっただけなのに、恐怖で腰をぬかして立てなくなった、と思われていたのだ。父も母も、兄も妹さえも、それ以来私を冷ややかな目で見るようになり、私と目が合うと含み笑いをしたりする。私は誤解されているのがくやしかった。

その頃、私は忙しい母親に代わって、親類の人などが来た時には手際よく昼食にオムライスなどを作って出し、ほめられては得意になっていた。また、選ばれた何人かと共にラジオの歌番組に出て歌ったこともあり、ちょっと生意気で鼻っ柱のつよい中学生でもあった。ところが台風の高潮で避難する時、腰がぬけた、と誤解され、ぶざまな姿をさらしたのだから、くやしいのは当然であった。

私は鬱鬱とした思いで大浜海岸にほど近い中学校に通っていた。

それからまた、ちょうど一週間後、再び大きな台風二十四号がやってきた。二十三号ではどうにか浸水はまぬかれたものの、屋根をとばされたわが家はようやく修理を終えた直後だったので、再び緊張せねばならなかった。

昼過ぎにかけて猛烈な風雨となり、父は入院室や診察室をみまわりに行ったが、台所の裏の、かんぬきのない戸が吹きとばされそうだというので、兄と二人、カッパを着、長靴をはいて裏戸を打ちつけに行った。母もそれを手伝いに行ったのだが、私は診察室の正面玄関のドアがガタガタ激しく鳴っていることに気づいた。大きな板のドアだが、庇が風よけになっているので、ここには上から斜めに板を打ちつけてあるだけである。見ると、強風にあおられてドアが数センチ浮いている。私は大いそぎで父を呼びに行った。父はドアを見にきたが、やはり裏戸が飛びそうで手を放せないらしい。

「お前、おさえておけ」

父はいうと、さっさと又廊下の向うに行ってしまった。一応板で押さえてあるから大丈夫、と思ったのだろう。

「えっ、そんな」と私は思ったが、またドアが強風に持ち上げられるようにガタガタと音をたてた。しかたなく、ドアの真鍮の把手を両手でつかんだ。するとものすごい風の力で、つかんだ両手もろとも、体ごと持ち上げられ飛ばされるかと思うほどである。

「わあーっ」

と叫んだが、誰も助けにきてくれない。

また強風が空をかきまわすような音をたてて吹き、ドアをあおった。ふわりとドアごと空に舞い上がるかもしれない、と一瞬恐怖におそわれ足がふるえた。

「大丈夫か？」

父がまたようすを見に来た。私は必死の形相でドアにしがみついていたのだと思う。が、暗くて父には見えなかったようだ。「飛ばされるぅ」と言ったが、それより大きい母の声がして、あわてて父はまた裏戸の方へ行ってしまった。

この孤独な、私のたったひとりの攻防は、小一時間もつづいただろうか。

最大瞬間風速四、五十メートルの風の力というのは十代の女の子の想像をはるかに超えるもので、私は何度も把手をつかんだままドアと共に空中に舞い上る女子中学生、という図を思い描いては恐怖におののいていた。もし外で一人で立っていたら、まちがいなく私は風と共に空を泳いでいただろう。

なぜ、この時、私はこれほど必死で正面玄関のドアをおさえていたのだろう。

むろん、ここが破られれば風雨はたちまち、ものすごい勢いで診察室や待合室、薬局、手術室、レントゲン室に吹きこみ、医院はメチャメチャに破壊され、屋根の一部が飛ばされる以上の被害をこうむるにちがいない。

城の正門が破られるようなものなのだ。いくら台所の裏戸がこわれかけているとはいえ、なぜ中学生の女の子に正面玄関を守らせるのか、いささか腹立たしくもあったが、私は決して把手をはなさず、気の遠くなるような風の力に抗し闘っていたのである。私は心のどこかで、一週間前の台風の時の汚名を、ここで晴らそうと思っていたのかもしれない。

ようやく風がおさまってきた時、私の両手はしびれ、つっぱていた太腿は張って痛いほどで、長靴をはいたままの父がヅカヅカと歩いてやってきた時は、その場にへたりこんでしまいそうだった。が、私はそれでも把手をはなさなかった。母と兄もようやくこちらのようすを見にやってきた。私は、まだドアにしがみついていた。

「おう、ようやってくれた。この前の名誉挽回ができたじゃないか」

疲労困憊の私に、父が大きな声をかけてくれた。

6

橘湾近くに住むので私達が「橘のおじいさん」と呼んでいた祖父は、この二つの大きな台風の前年の昭和三十九年三月に八十二歳でその生涯を閉じている。

この「橘のおじいさん」が亡くなった時、親戚一同が葬儀に参列するために橘湾の家に集まってきたが、その時、父と父のすぐ下の弟（日和佐に住む叔父）が、座敷に安置された祖父のなきがらの前で号泣していた。

父は「オヤジさん」を失って平静ではいられなかったのだろう。あれほど号泣する父を見たのははじめてだったから、その光景は私の記憶の中に長く残った。

あれほど殴られたり、けなされたり、選挙の時など無理をしいられたりしたうえ、東京に残って開業したかったのをむりやり帰郷させられたのに、「オヤジさん」を失ったことが、父にはそれほどこたえたのだろうか。父にしてみれば、頭上に燦然と輝いていた太陽がふいになくなったような、大きな喪失感であると同時に、呪縛をとかれた開放感もあったのではないだろうか。

父親が亡くなる、という、誰にでも訪れる大きな喪失を、後に私も体験することになるのだが、私もやはりその時の父と同じように号泣してしまった。それは自分でも思いもかけなかったことで、むしろそういうふうに号泣している自分がふしぎな気さえしたのだが、やはり父も同じように号泣している自分がふしぎだ、と感じたのだろうか。

後に「父親を亡くした時から本当の自分の人生がはじまるんだ」と父はいっていたから、この時、本当の自分の人生のはじまり、を父は感じていたのかもしれない。

そして、その翌年の九月に大きな台風に二度も襲われ、家を海水に取り囲まれ、屋根を吹きとばされる、という体験をした父は、本当の自分の人生を、つきつけられたような気がしたのだろうか。

年に一度、旧盆の墓参の日になると、父はぴりりと張りつめたような表情をした。白い半袖シャツ、グレーのズボンに夏帽子をかぶり、外出用のよく磨かれた靴をはく。母はタイトスカートにブラウス、日傘を持ってタクシーに乗りこむ。私と妹はよそゆきのワンピースに白いソックス、夏帽子。兄は白いシャツに学生服の黒いズボン。約一時間かけて、日和佐から和食までの山あいの、くねくねした舗装もされていない道をタクシーで向う。

小学生の頃から、この遠い父祖の地への墓参は、車酔いをする私と妹にとっては苦行そのものであった。行けども行けども折り重なる山の峰がつづき、透きとおった青い空やすがすがしい竹林や杉などを見るゆとりもない。父は「このあたりの山はオヤジさんのものだった」、「このあたりもオヤジさんのものだった」と時おり呟くが、母は「あ、そうですか」というだけである。

峠を越え、巨木のそびえる日の射さない山道を曲がりくねって進むと谷川が見えてくる。その谷川をさかのぼってさらに奥へと進み、いくつかの集落をすぎるとようやく谷あいに展けた父祖の地に到着するのだが、私も妹も、そのころにはもう正体もなく青ざめて、車から降りるやいなや、用水路のわきに吐いてしまう。毎度のことなので慣れている母が、冷たい谷川の水にハンカチを浸して、口や額を拭ってくれる。

私達がひと休みしていると、父はもう棚田の畦道をさっさと登っているのが見える。

私と妹も谷川の冷たい水と澄みきった山の大気のおかげでどうにか精気をとりもどし、日傘をさして畦道を登っている母のあとをついていく。

持参してきた薬罐の中に、冷たい谷川の水を汲んでいる父の白いワイシャツ姿が、木漏れ日の中に見え隠れしている。

墓守をしてくれているKさんが山道の丈高い雑草を刈ってくれているのだが、茂みの中に黒い蛇の姿がちらっと見え、私も妹も「きゃっ」と悲鳴をあげる。

墓地のある山の中腹に来て眺めると、向うに太龍寺山が見える。峰と峰の間を那賀川が流れ、川の周辺に町が展けている。父の生れた和食も、そこから二キロ離れた私の出生地の丹生も、たしかに深い山の谷間に位置していることが分る。

父は、苔むした墓石のひとつひとつに谷川の水をかけ、線香を供え、米を供え、

「これが本家の墓、これが……」

と、ごく小さな古い墓にいたるまで母や私たちにていねいに説明してお参りしてゆく。

祖父の墓の前にくると、

「あなたの息子がまいりました」

というふうに、ふかぶかと首《こうべ》を垂れていた。

私が大学を卒業する頃、父は先祖の墓を日和佐の大浜海岸近くに移した。遠い場所への墓参りは、子供達も大変だろうと考えたのだろう。

家、というのは父にとって何だったのだろう。そこから離れたい、と思いながら、結局は帰らざるえない場所であったのだろうか。家父長として一家に君臨していた祖父に対して、若い時は反発し、時には恨んだこともあったであろう父も、結局は血縁の中へと回帰してゆく、と思ったのだろうか。祖父の墓の前で、深々と頭を垂れていた父の姿を、はっきりと思い出す。

「人は生まれおちたその瞬間から、ほとんど全てが決っているんだ。ずっとつづいてきた祖先の持っているものしか、その人間には出ないんだ」

それが父の考え、であった。

第六章

1

昭和四十年のこの二つの大きな台風のあとあたりから、父のかんしゃくは増長していったように思う。

父はたぶん、台風によって診察室の廊下の屋根がふきとばされ、一家五人がゴムボートで救出されて一面の海のような水面をプカプカと浮かんでいた時、自分の築いたこの家は一歩まちがえば台風であっけなく崩れてしまうほどもろいことを知ったのだろう。

自分がこの葦原の埋めたて地に築こうとしているのはいったい何なのか。あの台風をきっかけに父の中でそんな思いが首をもたげた。あの戦争で亡くなった多くの人間の犠牲の上に生き残った自分が築こうとしているのはいったい何なのだろう。なぜ自分は生き残ったのか。そう思ったかもしれない。

しかし、それを深く考えているいとまは父にはなかった。毎日やってくる患者達を診なくてはならないし、家族を養っていかねばならない。また、この土地が高潮の被害を受けることを知った以上、その高潮からも家族を、医院を守らねばならない。

台風のあと、急遽、奇妙な建物が住宅と診察室の棟のあいだに出現した。それは、二階建ての、コンクリートの小さな、四角い建物であった。台風の時の避難所だ、と母は説明してくれたが、一階が六畳ほどの板間、二階は同じ大きさの畳敷きの建物が、台風の時どのくらい家族を守ってくれるのか、私には理解できかねた。いずれ、空地にしてある百坪ほどの土地に住宅を建てるつもりで、それまでの避難所といういみなのだろうか。あるいは水害にそなえて薬などの貴重品を収納しておく倉庫のつもりなのだろうか。私はこの奇妙な、中途半端な建物を「塔」と呼んでいた。

が、幸いにもその後、一家が台風の被害をまぬがれるためにこの「塔」が利用されることは一度もなかった。「塔」は、父のかんしゃくが激しさを増した時に、私が屋根へ逃避するための逃げ道になったのだったが、それは後で述べることにして、とにかく私には、なぜ父が急いでこんな中途半端な建物を建てたのか分らずじまいであった。

この頃、久しぶりに母方の祖母がわが家にやってきた。祖母は相かわらず元気で気迫にみち、家のことをあれこれ手伝っていたのだが、父が診察室から大声でどなりつけるように母を呼ぶ声をきいて、「あれではかわいそうだ」と母に同情をよせていた。

たしかに、この頃の父は苛立ち、かんしゃくを爆発させることが多くて、母を呼ぶ時もどなっているようにきこえる。歌と詩吟の得意な父の声はもともと大きく、その上にさらに拍車がかかったような声で母を呼ぶので、初めてその声をきく者は皆驚いてしまうのだが、家族も看護婦さんももう慣れっこになっていて、「ああ、またか」と思うくらいで特に驚かなくなっていた。が、祖母にしてみれば、自分の娘の夫が、娘をどなるように呼びつけるのにはびっくりしてしまったのだろう。

祖母は母に対してしきりに同情しながら帰っていったが、母は父がどなろうと平気であった。母は大らかな性格でもあったが、父に対してはある種の鈍感さを持っていたのだ。父の怒声、かんしゃくの底に渦巻く黒々としたものに対していちいち反応しないのである。無関心といってよいほど、夫の心理状態に対してあれこれ憶測をしない。母の関心はむしろ三人の子供達にむけられ、カゼをひいたといっては心配し、学校への提出物が失くなった時は一緒に探してくれ、習い事で帰りが遅い時は途中まで迎えにくるという気の使いようで、父は母が子供の方にばかり気持ちを向けていることに不満をもらすこともあった。

「お前達は幸せだ。こんなに母親に心配してもらって。わしは三歳の時母親を亡くして……」

母は、父のこの子供じみた愚痴に対して、こっそり「まま子根性がぬけない」などと呟いていた。父は自分の憂悶を、母に分ってもらえないことで苛立っていたのかもしれないが、母にしてみれば医院の手伝いや入院患者の食事の采配、子供達の世話などで忙しく、父のわけの分らない憂悶になどかかわってはいられない、というところだったのだろう。

たしかに母は忙しかった。開業医の妻は、保険の請求事務の手伝いなども月ごとにせねばならず、両親が夜遅くまでカルテの整理などをしているのを私はいつも見ていたし、そんな時にお産などが重なると徹夜ということもあり、中学生になると私も夕食の準備などを任されるようになっていた。


ある日、夕食の時に、父は母に訊ねた。

「お前さんは高等女学校で何を専攻したのだ?」

母は、

「私は家政学科で刺繍を専攻しました」

と答えた。

「ハア?」

父は小馬鹿にしたようにききかえした。

「刺繍です」

母はむきになっていった。すると猪口を傾けながら父は、

「いったいそれが何の役に立つんだね」

という。母はムッとした表情になる。たしかに母はみごとな刺繍の腕前をもっていたが、それが役に立ったのは娘達の家庭科の宿題の刺繍を手伝った時のみであった。母は忙しくて、クッションのカバーに刺繍をするひまなどなかったのだ。が、私も妹も母が持っているいろいろな刺繍の型が縫いこまれた美しい布を見せてもらったことがあり、そのみごとな母の腕前に感嘆していたのである。

「こんなに差があるね」

酔った父はちゃぶ台の下に左手をいれ、右手は高々と天井に上げて一メートル以上差のある空間を作った。

「何が、です?」

と母がいう。

「お前さんとわしの、教養の差、だよ」

酔っているとはいえ、私は父の、こういうところは嫌でたまらなかった。けれども母も負けてはいずに、

「ええ、私はあなたの書斎にある本は一冊も読んだことはありませんし、大して教養はありませんが、ご近所の方々や患者さん達とうまく付き合いをしております。あなたは私ばかりではなく、時には患者さんに対しても大声をはりあげてどなったりしているじゃありませんか。あ

れでは患者さんは逃げていってしまいます。そんな時は私がじょうずにとりなしているのですよ。私がいるからこの医院もうまくいっているんじゃありませんか」

というふうに反論することもあった。が、たいていは酔っている父の暴言を真正面から受けとめず、うまくかわして「はいはい、私は阿呆です」という顔をして平気でいた。

が、時にはさすがの母もよほど腹に据えかねることがあったのか、父と口論をして家を出てゆくという騒ぎになりかけたことがあった。中学生の私はすぐに賛成し、母について出てゆくつもりで荷物をまとめにかかったのだが、妹はオロオロしていた。

が、母の家出計画もいつのまにか立ち消えになってしまった。お産が多くなり、入院室は満室でそれどころではなくなったのだ。母は毎日、ウールの着物の上に白い割烹着をつけて忙しく立ち働いていた。

そんなある日、父はとつぜん、母のご機嫌とりのように、俳句の大会をやろうといいだした。俳句は母の得意とする分野であったのだ。私達は一家で競いあうことになり、夕食の後、何やらわざとらしく手帳などを持って道路をはさんだ向うの入江をそぞろ歩いた。春の宵のことで、入江はとても静かで対岸の家の灯りが水面にゆれ、繋留してある小舟はかすかにゆれていた。たしかに俳句大会にはもってこいの宵であった。

結果は、妹の句が第一席、母の抒情的な句が第二席。兄の句は三席。母の家出にすぐ同意し荷物をまとめた私の句はビリと、父は採点をつけ、一席の妹には桃の缶詰が贈呈された。

母がいなくてはこの医院はたちゆかない、ということを父も充分に分っていたのだろう。母の家出騒ぎもおさまり、句会も終った頃、父は医師会の会報誌に、

「開業医の妻の苦労は並大抵ではない。私は妻につねに感謝している」

などと書いて家族にさりげなく見せていたが、暴君ぶりは少しも変わらず、つまりは父は母に甘えていたのだろう。母親に甘えたこともなく幼年期を過してきた父が、妻に母親の役割を求めたのだ、ともいえるかもしれないが、娘の私から見ると、そこまで夫を甘やかしていいのだろうか、と思ってしまう。つまりそれは、自立、の問題になるのだが、お茶をいれることも着がえを自分で出すこともできない夫にしてしまうことは決してよいこととはいえず、後に、たしかに母に先立たれた父は途方にくれてしまうことになる。

2

「戦後のこの世はまぼろしなんだ」

ある夜、いつものように日本酒の猪口を何杯もあけ、頬を赤くした父は、体をゆするようにして、つぶやくようにいった。

私は高校生になり、兄と同じように、父が通った旧制中学を前身とする高校に、列車で一時

間かけて通っていた。兄はすでに市内にある大学の医学部に入学してアパート暮しをしていたので、ほとんど家には帰ってこない。

父はライオンズクラブや医師会の会合で休日に市内に出かけることもあったが、昼間は診察、夜は外出せず家で晩酌をしながら母、私、妹を相手に話をする、ということが多かった。夕食は六時半と決っていて、私も妹も必ず父の前に正座して食事をする。

「いいか、戦後のこの世はまぼろしなんだ」

父はひじょうに抽象的ないい方をした。

私には、その言葉の意味するところがよく分らなかった。父は何をいいたいのだろう。

「まぼろし、なんだぞっ」

バン、と父はちゃぶ台の端をたたいた。私も妹も黙ってごはんを食べていたが、母は「やれやれ」という顔をして台所へ立っていった。

「こんな世の中にするために、あれほど多くの人間が死んだのではないんだっ」

と父は急に激嵩して叫んだ。ようやく、私にはおぼろげながらも父のいわんとすることが分るような気もしてきたが、何と答えてよいか分らず、黙っていた。

「朝鮮海峡を渡る時、まさか生きて祖国に帰れるとは思わなんだよ、まさかお前達が生れるとは思わなんだ……」

今度は目を閉じて呟いた。

「何人も死んだ……何人も……」

父は戦争で亡くなった知人の名をかたりはじめた。幼い頃に養女に出された父のすぐ上の姉の夫は、航空母艦「加賀」の整備兵だったが、ミッドウェー海戦で戦死し、旧制中学の同級生だったK君は大阪医専に進み、軍医としてブーゲンビルへ行き、突撃して亡くなった。同じ医専のS君もペリリュー島で死亡した。

「K君などは軍医でありながら突撃したんだ。軍医というのは死んだ者を記録せねばならん立場にあるんだぞ。それなのにあいつは突撃した……。あの頃は皆、死ぬと思っていたんだ。生きて祖国に帰れるとは思ってもいなかった。しかしね、どんなふうに死んだか、それだけは両親に伝えてほしいと思うとったね、わしは……」

父の体は酔いで、船にでも乗っている人のように大きくゆらいでいた。

「こんな世の中にするために、あいつらは死んだのではないんだ」

父は大声を出した。私は面喰った。妹は泣きそうな顔をし、母は早くごはんを食べて自分のへやに引きあげるように目で合図をおくっていた。お茶をのみ、

「ごちそうさま」

というと、妹は立ち上がった。私もさっさと自室へ戻ればよかったのだろう。が、私はこの時、黙ったままでいることができなかった。毎夜のように酔って苛立ち、それを家族にぶつけてくる父に、我慢できなくなったのだ。冷静に、酒をのまずに、あの戦争について高校生にな

った私と論議をしてみる、という態度なら、私も本を読んだり図書室で調べたりして、父と落ちついて話ができただろう。が、父は酒に酔っていた。酔ったから、そんな話をしているのかもしれなかったのだが。

この頃、葦原であった埋めたて地には、次々に家が建ち、よく遊んだ空地は消え、家の前の道路も舗装され、裏の畑や田圃もしだいに埋めたてられつつあった。オリンピック東京大会がおわり、数年後には大阪で万国博覧会がひらかれようとしていた。テレビはにぎやかな歌謡番組を流し、浮きたった雰囲気が地方に住む私達にも伝わってきた。夕食後に居間においてあるテレビを妹と二人で見ていると、

「軽薄だ」

といって父がどなることもあった。日本ぜんたいがあの戦争をすっかり忘れ、お祭りさわぎをしている、と父の目には映ったのだろうか。

私は、酔って家族に感情をむきだしにぶつけてくる父を、なじった。なぜ、あの戦争で多くの人間が死なねばならなかったのか。その問いは十六、七歳の高校生にとってはあまりにも深刻すぎるし、たった一人で受けとめるには重すぎる。私はそんな大問題を、酔っ払って、感情にまかせて、家族にぶつけないでほしい、とだけいいたかったのだが、同時にその、あまりにも深刻な問題を父からつきつけられた気がして、一種のパニックにおちいっていたのかもしれない。この時、私は、母のようにうまく躱す、ということができず、むきになっていたのだ。

父はますます激昂し、ドンとちゃぶ台をたたき、大声をはりあげた。私も同じくらいの大声をあげて反論した。ここで、父に負けてしまってはいけない、という思いが沸きあがってきたのだ。もしここで荒れる父に負けてしまったら、父の憂悶の網にとらえられたまま、這い上がってこられなくなる、と、真剣に考えたのである。

私はただ、何とか酔って家族に荒れた感情をぶつけてくることを止めてもらいたかったのだが、父の激昂は増長するばかりだった。

それにしても、なぜ、父は高校生である私に「戦後のこの世はまぼろしなんだ」などといいだしたのだろう。

急に、父はそんなことをいいだした、と私には思えたのだが、実は父の心の中にはずっと、その思いがあって、高校生になり少しは世間のことが分り本も読みはじめた私に、心の煩悶をぶつけてみたくなったのだろうか。

母は全く、父の心の奥深くにある得体のしれないもの、については無関心を決めこんでいる。周りにそんなことを話せる友人は一人もいない。そこで父は目の前にいる娘に、ぶつけてみたのだろうか。

高校生になったのだから、少しは分る、と思ったのだろうか。

いったい何をもって、父は「まぼろし」といったのだろうか。

日本が戦争に負け、天皇が人間宣言をし、民主主義が讃えられるようになった。瓦礫の上に、何もかも全て忘れ去られたように、急ごしらえの家やビルや道路が建造されてゆき、オリンピックだ、万博だ、とさわいでいる。

ちょっと待てよ、これは全て、まぼろし、なのではないのか。そう思えたのだろうか。

我々は、国のために死んでこい、といわれたのだ、死んでいった者たちはいったいどうなるのだ、という思いが未整理のまま頭の中に居すわり、それがどうしようもなくなって、この頃になって炸裂したのだろうか。

「おいおい、ちょっと待ってくれよ」

と、父はいいたかったのだろうか。

「ちょっと待ってくれよ。これらはいったい何なのだ」

と。

今になってみれば、父のその思いも理解できるような気がする。

が、高校生の私には、その頃の父の思いは全く分からず、酔っ払って荒れ、戦争のことをいいだす父が、ただ、うとましく、何とかこの、荒れる父から逃げだしたいと思っていた。

父は、まじめすぎたのかもしれない。真剣に、「あの戦争はなぜ起きたのか」「なぜあんなに多くの人間が犠牲にならねばならなかったのか」、問いつづけていたのだろう。

たしかに、その生涯にわたって、父はそのことを問いつづけていた。父の書棚には太平洋戦争を記録したビデオや本が増えつづけていたし、後年、その問いを家族にぶつけることはなくなっても、常に心の中に在りつづけていたのだろう。それは父の全人生の中で最も大きな問いのひとつだったのかもしれない。

たとえば、博打や女性で憂さを晴らすという選択肢は父にはなかった。晩酌だけが憂さ晴しといえた。林富士馬さんがいったように、父はたしかに清潔でまじめすぎたのだ。けれども父は激昂はするが、家族に暴力をふるうことは決してない。祖父のように家族を殴ったりする行為を、自分には徹底的に禁じていたのだろう。

父はこの問いを家族に対してではなく、たとえばあの医大時代の友人達と議論できていればよかったのだろう。あの頃の友人達と、本当はゆっくり話したかったのかもしれない。出身地ではないこの町で、父は心を許して話し合える友人が一人もいなかった。というより、職業人となって、友人とゆっくり交際できる時間がほとんどなかった、といえる。

ある秋の夜、いつものように父と口論となり、波立った気持ちをおさえられないまま、私はナシを一個丸ごとむいて、台風の避難用の建物の二階へ行き、窓から住宅のスレート屋根へ、こっそり登っていった。平屋の住宅の下では、酔った父が、母と妹を相手に何やら大声でわめくようにしゃべっているはずだが、さすがに屋根の上まではきこえてはこない。父の話は堂々めぐりをしていた。

「金、金、何でも金の世の中になってしまった、こんな世の中を見たらあの戦争で亡くなった多くの者は何というだろう」

「わしは生きて帰れるとは思わなんだ。朝鮮海峡をわたる時……」

そして、「戦後のこの世はまぼろしだ」と大声でわめいてちゃぶ台をたたく。

さすがにその夜は、私はもう何度も何度もきいている父のその長広舌につきあっていられなくなったのだ。

屋根にあおむけに寝て、夜空を見ながらほっとしてナシをかじった。夜の空は切りたった壁のように迫ってきた。大きな、鋭い光を放つ星が、豪華なほどに夜の空いっぱいにきらめいて、網でとらえられそうだった。私の肉体は夜空と水平になっていて、たったひとりでこの満天の星とむきあっている、という気がした。大気は澄み、かすかに潮の香がする。流れ星が、大胆に、空をよぎっていった。長い間、私は屋根の上にいた。

ナシはみずみずしく、おいしかった。この新鮮な果実と、夜の広大な空によって、父との口論で波立っていた私の心はようやく平静さをとりもどすことができた。

父が台風の避難場所として建てた奇妙な「塔」は、屋根という、私の避難場所へと向う通路になってしまった。つまり父は、娘の避難所への通路を建てたことになる。

その頃、毎晩のように、私は酔った父がぶつけてくる感情の嵐から逃れるために、屋根に登り、広大な夜の空をながめ、夜の空と一体となることで精神のバランスをとっていたのだ。

大声というのは人を萎縮させる。大声でどなられると自分が何かとてつもなく悪いことをしたような思いにかられる。荒れた気持ちを酒にまかせて大声でわめき、ぶつけてくる父から物理的にはなれたい、という気持ちが、私の中で日ましに嵩じてきた。

父はたしかにこの頃、酔って、煩悶を家族にぶつけたりはしたが、それほど飲まない日はおだやかで、若い頃に読んだニーチェやゲーテの話をしたり、日本の歴史上父の最も好きな信長が、本能寺で討たれる時の物語、あるいは項羽と劉邦の物語などを講談師のようにおもしろく語ってきかせるので、母も私も妹も、ついひきこまれてしまう。特に父のお気に入りは項羽の「垓下《がいか》の歌」で、興がのると、詩吟を詠じた。

力抜山兮気蓋世
時不利兮騅《すい》不逝
騅不逝兮可奈何
虞《ぐ》兮虞兮奈若何

力《ちから》山を抜き気世を蓋《おお》う　時利あらず
騅逝かず　騅の逝かざる奈何《いかん》すべき

虞や虞や若《なんじ》を奈何《いかん》せん

あるいは、「鴻門玉斗紛として雪の如し」ではじまる曾鞏《きょう》の「虞美人草」などの、ゆったりとして壮大な中国の漢詩が好みで、特に滅びゆく者の物語を好んだ。「サワラの果て」も時おり歌い、機嫌のよい時は夕食もおだやかに終って、私は英語や数学などの宿題で分らないところを教えてもらったりする。父は英語も数学も、高校生程度の問題なら難なく解けたから、私は大助かりだった。

以前のように、飲みすぎて夜中に吐いてしまい、母が大騒ぎをする、ということはなくなったが、酒の量が多いと荒れるから、母も私も、父が酒を控えてくれればよいのに、と願っていた。

が、父にしてみれば、医師という職業の重圧もあり、仕事が終ったあとは酒をのまずにはいられなかったのだろう。徹夜でお産にかかりきり、ということもあったし、お正月に二年つづけて双子が生れる、ということもあって、この頃の父は常に緊張をしいられてもいたのだ。

父は「わしはオヤジさんのようにスパルタ教育はしない。放任主義で子供を育てる」とつねづねいっていたから、子供達の進路についてはロだしはしなかったが、私に対しては京都あたりの女子大はどうか、といっていた。近すぎる、と私は思った。思いきって父から遠くへはなれたい。それが私のその頃の最も大きな望みであった。

大学紛争が激しさをましていた頃で、こんな時に大学に進学することにどんな意味があるのか、と考えてしまうような状況であったが、とにかく私は東大の入試が中止になったその年に、東京の私立の大学に入学するため上京することになった。

この頃の私は、父から見ると、何か不穏な雰囲気をかもし出していたのかもしれない。私は機動隊と学生が揉み合うのをテレビニュースで見ながら、受験勉強もせず、文学書ばかり読み漁っていたし、父と口論しては口もきかない日がつづいていた。私の中には父に対する反撥と同時に、父の、世の中に対する鬱憤がのりうつったようなところもあったのだろう。父はこの頃、もしかすると、石を投げている学生達に、どこか共感をよせていたのかもしれない。学生達が石を投げている相手は、すさまじい勢いで経済発展をとげている戦後のこの世の中に対してであると父は感じて、共感していた、とも考えられる。

「おい、……」

と、上京する準備をしている私にむかって、父はいった。

「学生運動をやるなら、徹底してやれ」

たしかに父は何か、勘ちがいをしていたのだ。上京して、私が学生運動に加わると思ったのか。あるいは学生運動をやりたいから上京すると思ったのだろうか。私は学生運動をする気など、さらさらなかった。ただ、今目の前にいる父から、ひたすら逃げたかっただけなのだから。

昭和四十四年春、私は上京し、実家で父と共に暮す生活は一応ここで終り、あとは冬と夏の休暇に帰るだけになった。

私のかわりに、妹が実家に残った。妹は名古屋の女子大を卒業したあとは、ずっと両親と共に暮して、英語の家庭教師をしたり、医院の受け付けを手伝ったりしていた。大人しくおだやかな性格の妹は、父と議論することもなかったし、父に反撥することもなく静かに暮していて、私は妹に両親をまかせたような気持ちになっていたのだ。

3

大学二年の夏に帰省すると、それまで空地だった敷地に、鉄筋コンクリート二階建ての住宅が完成していて、この後一家が台風におびえることはほぼなくなった。

天保十年に、和食の殿谷伊太郎（為右衛門）が家の前にサボテンを植え、大切にしていたように、父はこの新しく建てた住宅の前にレンガで花壇を作り、そこに蘇鉄を植えて毎日かかさず水をやり、大切に育てていた。蘇鉄は一メートル以上は伸びなかったが、固いうろこのような褐色の筒状の茎はどっしりして、先端から吹き出すように刺のある頑丈な葉がびっしりと、次々に生え出てきた。

父は時おりその葉を切っていたが、それでも南四国の太陽光線をたっぷりとあびた蘇鉄は、その生命力を誇示するように尖った葉を伸ばす。濃い緑の葉のあまりの繁茂に、父は困惑しながらも、葉を切り、水をやる、という手入れは怠らなかった。

蘇鉄は新しい家の白い壁とうまく調和し、南国風の雰囲気を醸し出していた。

何代か前の祖先、伊太郎の家の前にサボテンがあったことをむろん父は知らず、私がこの稿を書くために調べていて分ったことなのだったが、父がこのことを知ったら何といったか、知りたい気もする。南国の植物を家の前に植えていた数代前の伊太郎と父が重なって見えて、私には何だか妙な気がするのだ。

その、妙な気、というのは、父と伊太郎が私の中でだぶって見える、ということと関係している。

私の中で、天保の和食でサボテンを植えていた伊太郎と、昭和の日和佐で蘇鉄を植えていた父が、あきらかに、すんなりと、つながるのである。すると何だか、ふっと肩のあたりの力がぬけて、妙に笑いたくなるような気持ちになってくる。

生れかわり、ということを、別に私は信じているわけではないけれど、何だか父がもう一人いるように思えてしまう。そして、伊太郎も、たしかに、私自身の何代か前の父なのだ、と思えて、そう思うと、私という個人が、どこか広い地平に向って開放されるような気がする。

人間は一度きりの人生を生きるわけなのだが、決して孤立して生れ、孤立して生きているわけではないような、ふしぎな思いにとらわれるのだ。このサボテンと蘇鉄はどこかでつながっているな、と思うたびに、ふっと笑いがこみあげてくるのである。

この蘇鉄を植えた頃から、私には、少しずつ父がおだやかになってきたと思えてならない。帰省のたびに、そう感じた。

父は五十歳をすぎ、私も二十歳をすぎていて、夕食の時には必ずしも一緒でなくてももう文句をいわなくなり、父は父の決めた時間に母の世話をうけながら夕食をとっている。その時間に私が二階の自室にいても以前のように大声で「一緒に食事をしろ」とはどならなくなっていた。家が広くなって、各自がそれぞれのへやを持って、自分のペースで生活している、というふうに変わっていたのだ。相変わらず朝食は八時半、昼食は十二時、夕食は六時半と、食事の時間は決っているので、母は毎日それにあわせねばならず、常に時間を気にして気ぜわしくしていたけれど。

たしかに帰省のたびに、父も年をとったのだ、と思うことが多くなった。以前は茶の間にくると、ハエたたきを持って、壁やテーブルにとまっているハエをピシャリ、と必要以上の力で、一撃のもとにしとめていたのだが、新しい鉄筋の家のダイニングキッチンにはハエそのものがほとんどいなくなっていた。風呂場や廊下をサワガニが大きな爪を立ててこちらをにらみながら這っていたり、小さなアマガエルが窓ガラスにはりついていたりすることはあって、シャワーを浴びる時には彼らにお湯をかけないよう注意せねばならなかったが。

淋しい埋めたて地だった家の周辺は、いつのまにか畑も田圃もすっかりなくなって、もうへやの中でヘビがとぐろを巻いているという光景もなくなってしまった。家が建ち並び、ガソリンスタンドができ、銀行や図書館、スーパーマーケットができ、大型トラックや自家用車がひっきりなしに前の道路を行きかっていた。


この頃、林富士馬御夫妻が、室戸から海岸沿いにタクシーで日和佐にやって来られて、父と私は南阿波サンラインや薬王寺、大浜海岸を案内した。父と林さんが顔を合わせたのは数十年ぶりということになる。

初めて私が池袋の林さんのお宅に伺った時、林さんは『夕映え』という詩集を下さったのだが、その時林さんは、「お父さんは晩酌をしますか」と、私にたしかめると、

「あやめ草きみの晩酌をしのびつつ」

と、筆で句をしたため、サインをして下さった。

父は、私の持ち帰ったその詩集を手にとって、何度も何度も林さんの句を読み、なつかしそうにページをひらいていたのだった。

林御夫妻の訪問のあと、やはり医大時代の友人のIさん一家が訪ねてきて、この時も父は一家を老舗の旅館に招き、芸者さんまで呼んで歓待した。

「はるばる海をこえて四国のこんな果てまで来て下さいまして……」

などと父は恐縮していた。私は何もそこまでいうことはない、と思ったのだが、紺碧の海があり、冬でも濃緑色の樹々の茂る山々があり、透明な川のゆったりと流れる、この札所のある町も、東京から見ればつまらない田舎町だ、と父は本当に思っていたのだろうか。

いや、そうではない、と私は思う。

たしかに、この町に来て借家で医院を開業した頃は、そう思っていたかもしれない。が、しだいに父はこの扇状の町に沿うように広がる海や入江や、川の土手から眺める広々と展けた山や空に、魅力を感じはじめたのではないだろうか。

私が大学三年になった頃、父はシーズ犬を飼うようになり、犬をつれて町のあちこちを朝夕散歩するようになった。

この散歩で、ようやく父はこの町のよさを理解し、発見したのではないか。同時に散歩は、コレステロールや血圧の数値を下げるという効果もあり、また、精神衛生上も好ましいことに、気づいたのだ。

夏でも冬でも、朝起きるとまず、犬をつれて入江やまだ少し葦原の残っている奥の沼地の方にまで、父は散歩にいった。夕食がすむと、今度は橋から川の土手を歩く。ゆったりと流れる川に沿って、長い土手を歩いて帰ってくると四十分くらいはかかる。

帰省すると、私もよくこの夕方の散歩に加わり、父と歩いた。まだ明るさの残る夏の夕暮れなど、川の長い土手を歩くのは心地よかった。大気は澄んで空は広く、高い。むらさき色がかった川面はいくつもの細かい筋のようになってゆれ、河口あたりで海水と一体になって太平洋へとゆったりと流れてゆく。一日の漁を終えた船が、エンジンの音をひびかせて帰ってくるのが見える。

ぐるりと山々が町を囲み、遠い山はうすくもやがかかっている。川沿いの山の中腹には札所の寺が黒々とした瓦を見せていて、山の稜線がしだいに濃さをましてくる。

山ぎわあたりに一日の太陽のなごりがたまって、後ろからライトをあてられたようにそこだけがまだほんのりと明るく、河口から水平線のあたりはすでに夕闇が迫っている。ゴォーンと寺の鐘が山に反響して低く鳴っている。

すきとおるような青さの残る高い空の下を、一両か二両編成の列車がのんびりと行きすぎてゆく。

入江の奥の、葦原の残る沼地へは、夕暮れに散歩に行くこともあった。小さな漁船が並んで繋留されている、広いコンクリートの岸壁を、くさりをとかれた犬が先に走ってゆき、私と父はそのあとをのろのろと歩く。妹が加わることもあったが、夕食のあとひとりでゆっくり家にいたい母はこの散歩には加わらない。

入江は深緑色の水をたたえて、わずかにゆれている。対岸の小山や空を眺めていると、心にたまっていた澱がしだいに消えてゆくのが分る。脳細胞の中に閉じこめられていた鬱屈がしだいに揉みほぐされてとけてゆく。その感覚を、父も味わったにちがいない。

「奥さんも散歩すればいいんだ」

父は何度も母を誘うのだが、母はこの時とばかりにゆったりと新聞を読んだり、片づけものをしているのだ、ということに父は気づかない。母にも、この夕暮れの入江の静けさを味わい、川辺の風や遠い山並を眺めてすがすがしい気持ちになってほしいと父は思っていたのだろうけれど、母は母で買い物などのついでに充分に味わっているわけで、それよりも、母はあくまでも家に父のいない、ひとりの時間を愉しみたいのであった。


私は父が自分なりにこうして心身のバランスをとる方法を見つけ、実践していることに安堵していた。

幼くして母を亡くした父は、自分の身は自分で守らねば、という思いが人一倍強かったのだと思う。一時は体をこわすのでは、と母も心配するほど深酒していたこともあったが、酒量も適度になり、自分で調合した胃腸の薬やら、徳島市内の病院から送ってもらっている心臓の薬を毎食後、必ずきちんとのみ、食事も脂っこいものは控えて鶏肉や白菜を好んで食べた。間食はいっさいせず、食事時間は正確に守る。少しでも食事時間がずれると怒り、かんしゃくを起すのは相かわらずで、自分を中心に、自分に合わせて家族が生活するのはあたりまえ、と思っていたが、それでも以前にくらべて「性格が丸くなった」と、母はよろこんでいた。

犬をつれて歩く、という行為が、思いがけず父の鬱屈した重い感情を開放し、歩くということの効能を、父は知ったのだ。そしてそれは、八十八カ所の巡礼で、ひたすらお遍路さんが歩く理由にもつながってゆくのかもしれない。

四国八十八ヵ所をただひたすら歩いて巡礼する、という行為は、すなわち、歩くことによってその人の抱える悩みを軽くさせる、ということでもあったはずで、人間が自然の中に身体をおいてただ歩くことに専念することは、自然の中に、個々のその悩みを捨てる、ということにもつながってゆく。歩くことはそういう力をもっていて、父はそれを発見し、だから母にもすすめたのだろう。

父は、このシーズ犬を異様なほど溺愛していて、食事の時も自室の炬燵でちょっと昼寝をする時もこの犬を傍らにおく。犬は少々図にのって、父以外の家族の者には吠えたり、時には噛みついたりするので、どうにもなじめなかったのだが、父が溺愛している以上、口をはさむことができない。

週一度の犬のシャンプーの時は母も妹も大騒ぎで、吠える犬の毛をバスタオルで拭かねばならず、犬は自分が父の次にえらいと勘ちがいしてしまい、最初からしつけをまちがえたのだが、それでも家族の間の緩衝地帯の役割をはたしていたことはたしかで、母もこの犬のおかげで父のかんしゃくが減り、性格もおだやかになったと思っているから、少々指を噛まれようと、犬のシャンプーは熱心にしていた。父には何か、愛情を向ける無垢の対象がほしかったのかもしれず、そのいみでは犬という動物は父にぴったりだったといえる。

この頃の父は、子供達に対しても母に対しても、皆それぞれ好きにやってくれ、という態度で、母もむろん父の世話に明けくれて忙しくしていたものの、以前よりは外出（といってもせいぜい市内へ買物に行くくらいだが）もできるようになっていたし、私に対しても一切干渉しなかった。私はますます帰省しなくなった。帰省、どころか、結婚して数年後にはアメリカへ行き、そこで出産したので、父からはいっそう遠のき、何年も父の家には帰らなかった。

コカ・コーラとジーンズをあれほど嫌っていた父が、娘のアメリカ行き、さらにはアメリカでの出産をどう思っていたのか、私にはよく分らない。ただ、父のアメリカに対する思いはしだいに変化してきたのだ、と思う。子供をつれて帰省すると、

「なかなかいい国だと思うよ」

などといっていた。民主主義の国として、一人一人がはっきりと自分の意見をいえることを「いい国」といったのだったのか、忘れてしまったが、そこにはもうコカ・コーラをのもうとした兄や私に激怒していた父はいなかった。

第七章

1

妹が末期の卵巣癌だと分ったのは平成八年六月で、その三ヵ月後の九月に亡くなった。私は東京から何度か見舞いに行ったが、妹には最後まで病名を知らせなかったので、比較的のんきに入院生活を送っていた。むしろ母の方が病人のようで、時おり寝こむこともあったが、妹は私が行ってもいつも明るく振るまっていた。

妹が入院していたのは県南の牟岐《むぎ》の病院で、夏のさかりの白っぽい陽光につつまれている南の町は、死をも光でつつんでしまうようだった。最も分りにくい癌で、二年前には検診も受けていたとはいえ、医師として父には大きな悔いが残ったようだった。

母はやはり妹の死がこたえたのだろう。三年後に肺癌が発見されて手術することになった。

手術そのものは成功したものの、肺の機能がおちてあまり無理のできない体になってしまい、私は時おり帰郷するようになった。

父は母のために、点滴ができるように、ベッドのへやと、昼間休むことのできる和室を用意していた。この頃、医院はほとんどお産は扱わず、町ぜんたいの高齢化もあって老人の患者さんが多くなり、数も少なくなっていたが、それでも長年薬をもらいにくる人や、冬にはかぜの人が多く、父は母に寝こまれて困惑しているようすであった。

母にたのまれると点滴をうったりして、それなりに父は母を大事にしているようだったが、私がいる時はよいものの、自分のせわをしてくれる人が寝こんでしまったので、しだいに苛立ちがつのっていった。お手伝いさんは夕方には帰ってしまうので、夕食後の食器洗いとか、残りの総菜をラップにつつんで冷蔵庫にしまうといった、こまごました慣れない家事も自分でせねばならない。時にはスーパーマーケットに買出しに行くという、今まで一度も経験したことのないこともせねばならず、そのうっぷんを母にぶつける、ということもあって、一時はかなりおさまっていたあのかんしゃくが、再燃しはじめていた。

私はその父のかんしゃくを、妙になつかしいもの、と感じる心のゆとりもできていたが、時には許容量を越えることもある。

ある日、父は何日かぶりに入浴することになり（父の入浴の回数はこの頃かなり減っていた）、着がえがどこにあるか分らないといって、かんしゃくを起しはじめた。大声でどなるので、夕食後、自室で横になっていた母もその声に驚いて、苦しそうな息をしながら起きてきた。

「着がえはどこだっ！」

父はものすごい形相で仁王立ちである。母は父をなだめようと、とりなすが、父は暴言を吐き、大声でわめきちらす。母に対する一種の甘えなのだろう。日ごろの不如意のうっぷんを吐き出しているのである。が、黙ってきいていると、その声はすさまじく大きく、マイクなしで体育館にでも響きわたりそうな迫力で、すぐ隣りできいていると、動悸さえしてくる。

もしここで父が母に対して暴力をふるうようなことがあれば、私はすぐさま母をつれて家を出るつもりであった。母をつれていって一緒に東京で暮してもよい。そんな私の気迫が、父にも伝わったのだろうか。父はようやく静かになった。その夜はなかなか寝つかれず、眠ってもあの怒声にうなされて汗をかいて目覚めてしまう。

たしかに、こんなふうに父は家族に対して傍若無人のふるまいをしていることが多かったが、一方ではとても礼儀正しく、律儀であった。

学究時代の父を経済的に支援し、また開業時にも支援してくれていた長姉夫婦、そして、医院で難しい手術があった時、わざわざ手伝いにきてくれていた義弟が亡くなると、毎年必ず旧盆の炎暑の中を、徳島市内までタクシーで墓参に出かけていった。阿波踊りの期間中で、タクシーは交通渋滞にまきこまれ、墓地へ行くには急勾配の階段を上らねばならない。一緒に出かけた母は日射病寸前の状態で、青い顔をして帰宅するが、父は平気だった。

あるいは、私が帰郷する時には父は必らず犬をつれて駅まで迎えに出、帰る時も駅まで見送りにくる。診察中で見送ることができなかった時は、申し分けなかった、という旨を、お手伝いさんを通して電話で伝えてくる。父はよほどのことがない限り、自分で電話をするということがなく、私は一度も直接父から電話を受けたことがない。徹底的に電話がきらい、なのである。

父の友人が来たり、兄や私が友人をつれてきた時も、父は必ず、外に出て「ごきげんよう」と手をふって礼儀正しく見送っていた。

母が病気になり、私もひんぱんに帰郷するようになったが、この頃の父の言動には混乱するばかりで、何かが微妙にゆがみ、ねじれているように思えた。父のすべてを受け入れ甘えをゆるしてきた母が病気になり、自分の方が母の面倒を見なくてはならない。そのことに我慢できなくなったのだろう。父にほとんど抵抗を示したことがなく、父のすべてを受け入れていた母だったのだが、その母を、父は失くしつつあった。

その焦り、が父の中にはあったのだろう。

2

平成十八年八月母は亡くなった。

父はさすがに力をおとしていて、その夏の一ヵ月間、私は父と共にいることにした。母が自分のことよりも気に病んでいたのは、父が一人残されこの家に住む、という状況になることで、母は自分が亡くなれば父は生きていけないだろうと思っていたようだ。

たしかに、生活のすべてにおいて、父はあまりにも母に依存して生きていた。そのことが、母を亡くしてみると、よく分った。何よりも、父の苛立ち、かんしゃくに対してそれを批判したりなじったりすることもあまりなく、受け入れるか、聞き流すかしていた母の受身の姿勢の大らかさが、私にもようやく分ってきた。

「要するに鈍感なのだよ。この人には皮肉も通じんのだ」

と父はいっていたが、さすがの母にも許容量をこえることもあったことが、父にも分っていたのだろう。それでも、父は自分で自分をコントロールできない時があったのだ。

母を亡くしてからの父は、夕食でビールをのむと、老人特有の症状なのだろうか、愚痴やくりごとが多くなっていた。幼年期に継母からうけた冷たい仕打ちを何度もくり返し語り、時に声をあらげたりする。その声の大きさはきく者の心臓をわしづかみにするようで、きっと母ひとりで父の相手をしている時は大変だったろうと、気の毒になった。

父の一生を通底音のように流れていたのは幼いころに母を亡くしたその喪失感であり、こんなに晩年まで母親を慕う気持ちは変わらないのかと思うと同情心も湧いたが、それが継母への恨みへと転化してゆくのは、いくら老化現象とはいっても、私には耐えられなくなることもあった。そんな時は、高校時代のように父に反撥してナシを持って屋根へ避難する、というのではなく、うまく話題をかえるようにしむけたり、何か用があるふりをして「ちょっと失礼」といって席をはずすようにした。さすがの父も相手がいなくては話もつづけられず、ぶつぶついいながらも静かになる。

父もこのまま寝こんでしまうのではないか、と思うほど、だるそうにしてなかなか起きてこない朝もあった。ようやく九時すぎに起き、食事をすませると、父は白衣をきて午前中だけは診察室にいた。この頃はもう、看護婦さんもやめていて、患者さんも、薬をもらいにくる人が二、三人ほどで、誰も来ない日もある。それでも必ず、父はもう使用されなくなった入院室の長い廊下を歩いて雨戸と待合室、診察室、薬局の雨戸をあけ、玄関のドアの鍵をあけておくのである。

ある日、薬を包む輪轅機の調子がわるくなり、かんしゃくを起した父はその輪轅機をこわしてしまい、薬が包めなくなってしまった。父ひとりで何もかもするのは、もう限界に近いと私は感じていた。時おり兄がようすを見にやってきて、劇薬などは置かないよう、きちんと管理していたが、万が一薬の分量などをまちがえると大変だ、と私は思っていたのだ。結果として、それは私の杞憂におわり、父が薬の分量をまちがえるということは決してなかったのだが。

が、体力的な衰えにはどうしても父は勝てないようだった。すでに八十九歳になっていたし、

「ああ、しんどい」

と、朝起きるともう口に出すこともある。

「八十九歳ならもうとっくに現役を引退している年だな」

父はいった。

「引退すればどうですか?」

私はいってみる。

「やめようかな」

父は、私の反応を窺うように、いった。

兄も私も、父に早く引退してほしかったので、やめる、という父の気持ちが変わらないうちに閉院の手続きを進めたいと思っていた。医院を閉めるにはいろいろな手続きが必要で、閉めたいからといって、すぐ、勝手に閉めるわけにはいかないのである。

「しかし、どうやって生活してゆくのだ」

閉める、といっておきながら、また振り出しに戻る。今まで充分に働いた貯えもあるし、医

院を開けていると、光熱費、薬代など、かえって赤字なのだが、そのことは父にはいえない。

兄から預かった廃院届けの書類は、いつでも書けるよう目につきやすいテレビの上に置いてあった。結局、父はそれを見もせず、「引退」の話は立ち消えになってしまった。父はただ、「引退」を口にしただけで、そのつもりはなかったのだ。体力の限界を感じながらも、現役をつづけていることを、私達に誇示したかっただけなのではないのか。何度も「やめる」と口にしながら結局は入院するまでやめなかったのだから、兄も私も翻弄されつづけ、記録的な猛暑であったその夏も毎日、午前中は診察室をあけていた。

夕方、涼しくなると、父は庭の雑草を背中を丸くしてむしっていた。最初のシーズ犬が亡くなったあと、父は二代目のシーズ犬を飼ってかわいがっていたが、その犬も死んでしまうと、もう犬を飼いたいとはいわなくなって、そうなると散歩そのものにも興味を失ったようであまり歩かなくなってしまった。

私は夕暮れのせまる裏庭で、ひとりで草をむしっていた父の、丸い背中に心を残しながら、夏のおわりに東京に戻った。

3

十月に帰省した時、父はかなり元気になっていた。マグロの刺身に筋がある、筋のないやわらかいところを買ってこいとか、ごはんが硬い、もっとやわらかく炊け、などとどなり、六時すぎにまだ夕食ができていないと、「おい、早くしろ」と、せきたてる。かんしゃくを起し、どなる父が復活していた。ああ、少しは元気になったのだ、と私はむしろ安心した。

ある日、そろそろ冬仕度をせねば、と、父の居間に入った。六畳の和室のまん中に大きな電気炬燵をおき、夏でも冬でも仏壇を背にして新聞や本をよんだり仮眠したりする。書斎には入りきらない本や、太平洋戦争に関するたくさんのビデオ、「舞踏会の手帳」とか「ドライヴィング・ミズ・ディジー」などのビデオが並んでいる。片隅には碁盤があり、手紙類や週刊誌、医学雑誌などが山積みになっている。

寒がりの父は十月にはもう炬燵の電源を入れる。私は炬燵にかけてある毛布をめくりそうじ機をかけ、ついでにうまく電源が入るかチェックしておこうと思って炬燵の隅にプラグをさしこもうとした。

炬燵のテーブルに片手をおいた時、ぐらっと脚がかたむいた。脚のさしこみ口がこわれていたのだ。このままでは脚が折れ、テーブルと上においてある山積みの新聞やら医学雑誌やら古い手紙などの重みで上板が崩れ、この中に足を入れた父がケガをする。私はあわてて、ぐらぐらしている炬燵の脚を固定し、テーブルの上に置いてある物をすべておろし、テーブル板もおろしてから大工さんに電話をした。以前屋根の修理をたのんだこともあるなじみの大工さんは他のしごとで出かけていて、あと一時間ほどで帰ります、と奥さんが言う。

父は、診察室にいた。いつも胃腸の薬をもらいにくる患者さんがきているのだ。十二時までは必ず診察室にいるから、できるなら十二時までに大工さんに来てもらい、修理を完了させ、元どおりにしておきたかった。勝手に炬燵の上の物をさわったりすることを父は極端にきらっていて、そうじもさせないのだ。ハラハラしながら大工さんがくるのを待ち、台所で昼食の用意をしていた。十二時になっても大工さんはやってこなかった。炬燵のテーブル板はどけられ、上にあったものは散らかったままである。

十二時十分すぎに、父が戻ってきた。炬燵のある自分の居間の戸をあけたとたん、大きなどなり声が家じゅうにひびきわたった。ああ、間に合わなかった、そら、始まった、と私はあわてて父の居間にかけつけた。

「何だ、これはァ！」

バリトンの、よくとおる声。オペレッタ舞台の歌手のように父は炬燵を指さし、片方の手は腰にあて怒りの形相をしている。

「炬燵の脚がこわれていたのです。ケガをすると思いまして」

オペレッタの舞台なら、さしずめ下女が怒り狂っている主人の前で身を縮めて弁解している場面であろうか。

「どうして勝手に動かすのだァ、勝手なことをするなァ」

ご主人様はありったけのバリトンの声で歌い上げる。

「申し訳ありません、大工さんがもうすぐきます。昼食を召し上がっているあいだにきっと炬燵はなおり、元どおりにしておきます」

下女は小鳥のようにうたう。

「必要なぁい」

「ケガをします」

「ケガをしたならそれはわしが悪いのだァ、気づかず修理しなかったのが悪いのだァ、お前は勝手なことをするなァ……」

「そんな妙な理屈……」

「なにイ。ぶんなぐってやるところだぞ」

ご主人様はこぶしを振り上げる。そこへ大工が登場。

「おそくなりましてぇ。炬燵を直しにまいりましたぁ……」

「はあい、こちらです……」

そばつゆの匂いが台所から漂ってくる。

「ご主人様どうかお昼を召し上がっていて下さい」

下女がとりなし、ようやく事なきをえる。

と、こんな場面であったが、下女の私は、外で作業をしますぅ、という大工さんが玄関の方へ炬燵を持って出ようとするのを父に見つからないようにしたり、父が手を洗いに洗面所へ行っている間に玄関の戸を閉めたり、おそばに入れるネギを刻んだり、あたふたとしていた。

父は相かわらずわがままであった。そして絶対に、引退などしそうになかった。老人ホームなど、論外である。自分の身体のつづく限りは午前中だけ白衣を着、誰もこない診察室にすわり、医学書や新聞を隅から隅まで読み、時おりやってくる患者さんの薬を作った。

4

この頃、夫は仕事で秋田に赴任していて、東京と秋田を月に何度か往復する生活をしていたので、私も二、三ヵ月に一度は秋田のマンションに行き、しばらく滞在する、という生活が数年つづいていた。一ヵ月のうちの前半は秋田に行って一週間ほど滞在し、後半は日和佐に一週間滞在する。ということもあり、東京での生活を中心に北と南にひんぱんに移動していた。

十一月に秋田から戻った頃、ひどい咳がつづくようになり、微熱もあるのでカゼだと思い、二、三日は自宅で休息していたが咳はいっこうに治まらず、クリニックに行くと、マイコプラズマ肺炎がはやっているので念のために血液検査をしましょう、という。

まさか、と思ったが数日後に結果をききに行くと、やはりマイコプラズマ肺炎ということで、薬を処方された。ただ、咳はあっても熱はあまり出ず、外出もできる。私は調子のよい時などマスクをつけて外出していたが、少しむりをすると夜中にまた咳がでる。咳が長びくのが特徴で、私の場合も、一ヵ月近くつづいた。

咳がおさまるのを待っていると十二月になってしまい、父への感染をおそれてさらに帰郷を延期しているともう大みそかも近くなってしまった。

年末年始を過すことにして、ようやく父の家に帰ると、父は寒い寒いと肩をすぼめながらも、比較的元気に過していた。

毎日、お手伝いさんが通ってきて食事のせわをしてくれるし、兄夫婦も時おり来て一緒に食事をしているが、それでもガランとしたコンクリート造りの家での一人住いに寂寥感が漂わぬはずがない。

母が元気だった頃、年末には餡入りと餡なしの丸餅が届いていたことなどを思い出しながら、東京から持ってきた四角い餅を旅行鞄の中からとりだしていると、父は、喉につまるのが怖いから餅は食べない、という。もう何年も、お正月に帰郷することはなくなっていたから、父が餅を食べなくなったことを私は知らなかったのだ。いかにも父らしい用心深さで、あらためて自分の身体を律してゆく、その自己管理の強さを思い知らされた。父はかぜひとつひいておらず、心臓の薬、胃腸の薬などもきちんと食後にのんでいた。

大みそかになり、ざっとそうじをすませて、簡単なお節料理の準備をしていると、父がやってきて、お昼はウナギを食べに行こうといいだした。

前立腺の治療のため、父はタクシーで二十分ほどの牟岐の病院へ通っていたが、母が元気で、付き添っていた頃、何度かうなぎを食べた店があり、そこへ行きたいという。父も私も、うなぎは好物である。帰郷した私にもごちそうしたい、と気をきかせたのだろう。

「店の名前は?」

と訊ねると、

「さあ、分らん」

という。

大みそかなので店が閉っているかもしれないと思って、店に電話をして確認しておきたかったのだ。

「タクシーで行けば分る。タクシーの運転手が知っている」

父は、どこに行くにも、すぐ近くのタクシー会社を利用するのだが、お手伝いさんか私に、「○○へ行くから電話しろ」といって、決して自分では電話をしない。もしかすると、父は電話のかけ方を知らないのでは、と疑ったことさえある。タクシー会社に電話すると、たしかに運転手さんは国道沿いにあるその店を知っていて、今日も店はあいていることを確認してくれた。

父はさっそく上着を着こみ、帽子をかぶってしたくをした。

五分もしないうちにタクシーはやってきて、国道を南に向って走りだした。冬でも緑濃い山あいの国道は、陽差しに照らされてフロントガラスの前方につづいていた。集落をすぎ、また山あいの道になり、川が見え、次の集落が見える。

二十分ほどで、うなぎ屋に着くと、父はタクシーを待たせて店に入った。香ばしい蒲焼の匂いが漂う店内には、すでに七、八人の若者のグループがいた。東南アジア出身らしく、カタコトの日本語で、お上さんに、

「ウナジュウ、オネガイシマス」

などと注文している。漁船の乗組員なのか、あるいは近くの工事現場ででも働いているのだろうか。父はちょっと驚いたふうだったが、お上さんが愛想よく陽の当る隅の方の席を用意してくれ、父と私はそこに腰かけた。

「えーっと」

と父はメニューを見、お上さんに、

「まず、ビール、それから天ぷらうどん」

といった。うなぎを食べに来たのでは、と思ったが、父は昼はたいてい麺類なので、おみやげとしてうなぎを持ち帰り、それを夕食に食べるつもりらしい。ということは、やはり、私に、昼はうなぎをごちそうしたかったということか。私は、うな重を注文した。

やがてビールのジョッキが運ばれてくると、父はそのよく冷えたビールをおいしそうにのみ、うな重を食べている私の二倍くらいの時間をかけて、天ぷらうどんを食べた。

天気はよく、あたたかいので、食事をすませると父は水床湾《みとこ》の方までドライブしようか、と言いだした。水床湾は宍喰《ししくい》の先にあり徳島県の最南端、トンネルを越えるともう高知県の甲浦《かんのうら》である。

タクシーは内妻海岸、八坂八浜、浅川と、海に沿った国道を南下していった。常に前方と左側には海が見えている。ゆるいカーブを曲ると、小さな砂浜がなみなみと海水をたたえて冬の太陽をあびている。またカーブを曲ると今度は大小の岩が白い波を受けて海中からそそり立っている。岩は負けん気のつよい子供のようで、打ちよせる波も負けてはいない。濃く白い泡のしぶきを上げている。

海と山の間のわずかに展かれた土地にある集落は津波の被害を受けやすい。浅川あたりに来ると、運転手さんは、このあたりは昭和二十一年の南海道地震の大津波でひとつの集落が丸ごと全滅するような被害を受けた、という話をした。牟岐線の終点、牟岐から海南まで鉄道が通ったのは昭和四十八年で、さらに南の海部から宍喰県境をこえて甲浦までの阿佐海岸線が開通したのはやっと平成四年になってからだ。そこから先は鉄道はなく、室戸岬までは車で行くしかない。

私達の乗ったタクシーは常に濃い青の海に迎えられるように進んだ。黒潮の流れる海は冬でもさんさんと陽光を浴びて、海面を光らせている。海面は何か巨大な軟体動物のようにも見え、手を浸そうとしてもはねつけられそうだった。その巨大な生きものは、何億年も呼吸をつづけている。今は大人しく見えてもひとたび台風や嵐になると、海水という液体そのものになってふくらみ、白い波の塔になり、時には集落を襲い人の命を奪ってしまう。こんな、はかりしれないものがすぐそばで、あざやかな青色に輝いているのであった。

タクシーの中から見ると、まぶしくてサングラスがほしくなるほどだが、助手席にいる父は腕組みしてうつらうつらしている。ビールを飲み、天ぷらうどんを食べた満足感でねむくなったのだろう。あるいは灰色の国道と、濃い青色の海という単調な風景に眠気を催したのだろうか。

水床湾からUターンして、日和佐へ帰ることにした。私もいささか眠くなってしまい、目を閉じた。海岸線の国道を走る心地よさがやはり眠気をさそうのだ。

少し眠り、ふと目をあけると、国道の向うから、一人のお遍路さんが歩いてくるのが見えた。私が幼いころよく見かけた、あの全身白装束のお遍路さんだ。最近ではジーンズに菅笠、あるいは一応笈摺《おいずる》だけははおって杖を持っているといった簡略な服装で巡礼しているお遍路さんが多いのに、向うから歩いてくるのは完璧な白装束である。菅笠に、笈摺に杖。久しぶりにこんな白装束のお遍路さんを見た。お遍路さんは、ヒタヒタと歩いてくる。その足取りは、幼い頃私が団扇をあげたあのお遍路さんに似ているように思えた。夏の日、額から汗をひとすじ流し、私をじっと見つめていたあのお遍路さんが、またこうして四国八十八ヵ所を巡っているのだろうか。まさか、と思った瞬間、タクシーはそのお遍路さんを追い越していった。国道はカーブしていて、私の体は大きくゆらぎ、たった今見たと思ったのに本当に私はお遍路さんを見たのだろうか、などと奇妙なことを思ってふり向いたが、後ろには誰も歩いてはいなくて、黒ずんだ青い海面が冬の光をあびているだけであった。

それが父との最後の外出になった。

5

翌年の平成十九年、三月の末に夫の秋田での仕事の任期が終り、マンションの引越しをすることになっていた。夫は秋田でまだ他の仕事も残っているので、少し狭いへやでもよいから拠点が必要だったのだ。

私は、引越しのことで頭がいっぱいだった。東京へ送る荷物、捨てる物、置いておく物の仕分けをし、ダンボールに詰め、不足の物を買う。六年間の滞在だったとはいえ、本などもふえてしまっていたから、この作業はなかなか日数がかかった。三月の秋田市内はまだ寒く雪もちらついていて、夜になると底冷えがした。

一人暮しの父のことが気にかからないわけはなかったので、時おり電話をしたが、相かわらず、なかなか出ない。秋田のお酒を送ると、

「もっと大きな瓶を送れ。小さすぎて味がわからんぞ」

といっていたが、そのあとは、

「そっちはまだ寒いだろう」

と、気づかうような言葉である。

お手伝いさんの家に電話をしてようすを訊ねると、父は毎日ビールをのみ、かぜもひかず元気にしているらしかった。兄夫婦も時おりようすを見にきて、こまごまとした面倒を見てくれているので、私は安心して引越しの作業に精を出していた。

ようやく引越しが終り、いろいろな手続きをすませて東京に戻ったのは四月の初旬で、帰るとすぐに、兄から父の衰弱がひどくなってきたと連絡があった。父は、

「ビールさえのんでいれば、ワシは大丈夫だ」

というくらいビールが好物で、昼、夜とも食事の前には必ずビールをのんでいたのだが、ビール以外の食物はほとんど食べられなくなってしまったのだという。いわゆる老人性の嚥下障害であった。

東京から、入院している病院に駆けつけてみると、父はげっそり痩せていて、私を見ると何か大きな声で批難めいたことをいおうとするように、私に向って人差し指をつきさすしぐさをした。

「なぜ、もっと早くこなかったのだ」

と父はいいたかったのだろう。たしかに、私は引越しのことで頭がいっぱいだったし、引越しのあともいろいろな手続きが長びいてしまって、お正月以来、三ヵ月も帰郷できず、そのことを批難したかったのだろう。が、父は何か口にしかけて、ふいに、手をおろし、話すのもやめた。声が出ないのではなく、たぶん、「まあ仕方ない。忙しかったのだろうからな」と、自分にいいきかせているようなしぐさだった。

点滴も「やめてくれ」といって抜いてしまう父は、食べないのか、あるいは食べないことを選んだのか、と、ふと私は考えこんだ。というのも、父は以前から、

「奥さんが死んで一人になって働けなくなったら、わしは餓死を選ぶぞ」

といっていたことを思い出したからだ。

「もう引退しようか、年もとったし、しんどい」

と何度も口にしていたのに決してそれを実行しようとはしない父にとって、余生、という言葉は存在せず、たとえ午前だけの診察で、しかも患者が一人しかこなくとも、仕事をやめた自分が想像できなかったのだろう。

好きな詩吟や囲碁を愉しみながら余生を送る、というイメージが、父にはなかった。仕事をしなくなるということは、すなわち父にとっては死、をいみしていたのだろう。

「仕事ができなくなったら死ぬしかない」

と考える父はやはり生真面目すぎた。

母が亡くなり、自分も衰弱して診察できなくなった以上、もう死ぬしかないではないか、と本当に考えているのだろうか。自分の最大の庇護者である妻を亡くしてしまってから、生きる気力がしだいになくなってきたのか。あるいはもう充分に仕事をした、と思っていたのか。

兄の説得によって、どうにか点滴を受けいれ、夜も薬で眠れるようになると、しだいに血色もよくなってきた。が、やはり何も食べようとしない。というより、食べられなかったのだ。

それでも、私がはげますと、

「回復に向けて努力している」

という。もうこのまま食べずに衰弱死を望むところだが、お前たちがはげましてくれるなら、もう少し努力をしよう、しかし、食べられないのだ、というところなのか。


午後の病室は静かだった。

父は眼鏡をかけて新聞もよめるようになっていた。脳への刺激になってよいから、といって医師はテレビを観ることをすすめたので、テレビをつけると、父は熱心に野球放送を観ていた。私は窓ぎわのソファで本をよんでいた。父は眠いのか、目を閉じていたが、時おり薄目をあけて私のいる窓ぎわのソファの方を見、私がいることを確認すると、また目を閉じる。こちらも眠くなり、三十分ほどソファの上でぐっすり眠ってしまい、目をあけると、父はちらり、ちらり、とこちらを見、また目を閉じる。

このまま快方に向うように思えた。兄も回復への期待をもちはじめ、長期療養のため、個室を出て別の病棟に移ることなども考えているようであった。

兄の長男や、二人の娘とその子供たちが、かわるがわる、にぎやかに見舞いにきた。彼らが帰ろうとすると、父は「戸じまりをしておいてくれ」と、妙なことを口走る。ここが自宅と思っているらしかった。オメガの金時計を左腕にはめたままで、ぐるりと大きくその腕をまわして時間を確認する癖は、入院してからも変わらず、私には父がその時計としぐさで、かろうじて威厳を保とうとしているようにも見えたのだが、私にはそう見えただけであって、父にはそんな気持ちなどなく、ただ習慣でしているにすぎなかったのかもしれない。

父は、一時は小さなおにぎりやスープなどを食べられるほど、回復した。私がいったん帰京し二週間後にまた見舞いにきた時には以前より血色はよくなっていた。が、それはいっときのことで、父は急速に衰弱していった。

七月七日に父は亡くなった。

自分の医院の診察を終えた兄が、六日の夜に病院に見舞いに行くと、父に話しかけても反応がない。そのまま意識がなくなり日付の変わった深夜に亡くなった。

「七夕……」

と私は思った。

肺炎を起していた、ということだったが、食べられなくなり、特にどこも悪いところがなかったのだから、老衰としかいいようのない最期だ、と私には思えた。

徳島空港に着き、急いでタクシーに乗ってＪＲの徳島駅に行ったが急行にはまにあわず、鈍行で日和佐に向った。父はすでに日和佐の薬王寺に運ばれていて、直接、寺へ来てほしい、と兄から指示を受けていた。

何のために向っているのか忘れてしまうような、長い長い道中だった。

父が死んだ、という実感が、なかった。

夏草が線路脇にのび、その向うには稲がびっしり生長しているのが見えた。六月に見舞いに来た時は稲はまだ短く、父は眼鏡をかけて新聞を読んでいたのだ。

列車の外はすでに夏の風景に変わっていた。列車はていねいに、ひとつひとつの駅に停車し、何人かの学生や勤め人、買物袋を下げた年配の婦人、杖をついた老人、旅行客、などを降ろしたり乗せたりしながらまっすぐ南へと向った。

町をすぎ、稲田の間を走り川を越え、また町を過ぎ、無人駅をすぎ、いくつかのトンネルを越えると海が見えはじめた。

父は一年前の八月に母が亡くなった時と同じように、通夜の時などに使う寺の大広間に安置されていた。母も、祭壇の下の、同じ位置に横たわっていたことが思い出されたが、母とちがって父は、全く男の子のようになって眠っていた。もともと細かったのだが、顎など余計な肉がいっさい落ちてほっそりし、まるで小学校入学前の男の子そのものであった。

「七夕に亡くなるなんて。奥さんに会いに行ったのでしょう」

という人もいた。たしかに、わがままと甘えを許してくれる人は母より他にいなかった。真に安らぎを与えてくれるのは、「批判する娘」ではなく、「すべてを受け入れてくれる母」であったのだ。


大広間の壁には、弘法大師空海の足跡を描く絵が、額に入れられ年代順にかかげられてある。母の通夜の時にもそれを見たが、ほとんどの通夜客の帰ったあと、それを順番に見ていった。

讃岐で生れた真魚少年が大学に入り学問を修め、阿波の大滝嶽や土佐の室戸岬で修行する絵。

室戸岬で明星が口の中にとびこむ、という体験の描かれた絵。

いよいよ遣唐使船に乗りこみ、まさに出帆しようとしている僧形の空海。

福州の赤岸鎮に漂着し、役人に取り囲まれている絵。

長安に到着し、恵果和尚と出会う場面……。

帰国し、高野山を開創する空海……。

幼い頃、私は皆のいうお大師様が、空海という人間であることを知らなかった。祖母によくつれられて遊びにきたこの寺は、空海が四十二歳の時に彫刻した薬師如来像を本尊としている、ということも知らなかった。

人間空海という人が、その青年時代に、父や私の生れ故郷にある山中で修行していた、ということを知ったのも、ずっと後になってからである。私には空海という人はあまりにも偉大すぎて、ふつうに赤ン坊として生れ、少年時代や青年時代を過していた、ということが想像できなかったのだ。


いつであったか夕食の時、医師としての父が死をどう考えていたのか、訊ねたことがある。

「無、だね」

きっぱりとそう断言したあと、父は何かひどく苦い物を食べでもしたように口をゆがめ、きつく眉をよせた。

「学生時代に、生について、死について、よく議論したよ。いつも議論していた。ところが、戦争が始まって、われわれはそれどころでなくなったんだ。文学や哲学をもっと論じようとしていた矢先に、戦争だよ。すべて中途半端に終ってしまったんだ。すべてが中途半端だ……」

無念そうに、父は目を閉じた。その議論の仲間は父の医大時代の友人達であり、そして皆、それぞれが中途半端なまま戦地におもむき、あるいは妻子と共に疎開し、医師としてのその後の人生を歩んだのだった。

中途半端、という思いは、常に父の心を占有していたのだろう。

私はいつまでも、弘法大師空海の壮大な一生を描く絵を眺めていた。そして父はその絵の下で、静かに眠っていた。

父の通夜の日を、たぶん私は、そんなふうに思い出すのであろう。

第八章

1

大浜海岸から恵比寿浜へと伸びるくねくねした山道の途中の、張り出した瘤のような崖の上に、白壁の小さなホテルがある。

ある日、父はそのホテルへ食事に行こうといいだした。亡くなる前年の十月に、私が父のようすを見に帰省した時であった。

時おり父は単調な家庭料理にあきると、海賊料理の店とかこのホテルなどに家族を誘っていた。特に、このホテルで広々とした海を眺めながら食事をすることを好み、三十五年ほど前にホテルがオープンした頃はよく食事に出かけたものだった。

ホテルは閑散としていた。父とは古くからのなじみの支配人の姿も見えず、食堂に行くと中年の女性がひとり、ホテルの浴衣を着て夕食を食べていた。法事か何かで、すでに世代交替している実家に久しぶりに帰ってきた、というところだろうか。

薄暗くなった海は、一面に青味がかかった灰色になり、遠くの山際は黒く縁取られ、空は紺色になりつつあった。海に面した食堂の窓は天井から床までガラス張りになっている。このガラスは、三十何年も、台風の強風に耐えてきたのだろう。あの第二室戸台風や、医院の屋根の吹きとばされた台風にも、このガラスはもちこたえてきたのだ。そのガラスに、食堂のライトがいくつか映っている。丸型の、古い木枠に数箇の電球のはめこまれたライトで、ガラスはまるでスクリーンのようにそのライトを映しているのだが、重なりあっているので実際以上にたくさんあるように見える。

父は女性従業員が運んできたビールのジョッキを持って黙って少しずつ飲んでいた。やがて、注文した「蟹すき」の大きな鍋と卓上コンロが運ばれてくる頃には、海面はいっそう濃さを増し、空との間の広い空間にも闇が落ちてきた。

ぐつぐつ煮えた白菜やネギを、父は黙って箸で引きあげ小鉢に移している。私も同じように鍋に箸を入れていた。父の小鉢の中味はいっこうに減っていなくて、ビールの軽い酔いのせいかやや体を反らせ、目を閉じたり開けたりしている。

やがて、ガラスには、食堂のライトと、テーブルをはさんで「蟹すき」を食べている父と私の姿がくっきりと映し出され、それは墨色に変化した空と海の間に浮ぶガラス絵のようになった。

テーブルをはさんで向きあっている父と私が、夜の海と空の間にもうひと組いるのであった。彼らは海の上に浮かんでいるようにも見える。

父も私も、あまり話すこともなく、黙っていた。


「わしは、オヤジさんを越えたかな」

とつぜん、父が私に訊ねた。

私には、父の言わんとしていることがよく分らなかった。父はビールをひと口、のんだ。そしてまた、同じことを訊ねた。

「わしはオヤジさんを越えたかな」

私はまじまじと父の顔を見た。そして、

「越えた?」

と、訊ね返した。

私は何と答えてよいか、分らなかった。つまり父は私に祖父と比較せよ、といっているのだろうか。

祖父と父を比較することなど、私は考えたこともなかった。祖父は祖父であり、父は父である。祖父と父を比較して、どうなるというのだろう。が、父は、「オヤジさん」を越えたか、としつこく問うている。

「越える、って、どういう意味ですか？」

年齢、ということを、まず私は考えてみた。六十歳で重度の結核になり、医業を中断して療養し、復帰したものの、七十代で医院を閉じざるをえなかった祖父。橘湾の家で療養生活をしながらも、少しは患者を診ていて、家の近くに仮の診療所を作ろうともしたらしいが結局断念して、八十二歳でその生涯を閉じた。

苦学して医師になり、三度結婚して十人の子供をもうけ、町長になった祖父。町長時代は学校の校舎を増築し、二宮尊徳と楠公の銅像を造り、林道の新設にも尽力した。

医業だけではなく、石灰岩の採掘事業にも手を染め、莫大な借金を作ったが全て返済し、山林や田圃も所有した。そして、県会議員に立候補したが、選挙中に重度の結核になり落選、それでも医療をつづけられるまでに回復し、七十代で引退した。

その祖父と、父を、どのように比較すればよいのだろう。

父を越える、とは、どういうことなのだろう。息子、というものは父、を越えたいと思うものなのだろうか。娘、である私には息子としての立場がよく分らない。が、少なくとも、娘、である私は、母を越えたいとか父を越えたい、とは思ったこともない。母は母であり、父は父であって、自分と比較しようなどと思ったことはない。ただ、暴君である父から逃れたい、と思ったことはあったが。

「オヤジさんを越える」といってもいったい何を規準に判断すればよいのだろうか。息子が父を越える、とはどういうことなのだろう。父はそんなことが気になるのだろうか。

地域医療に長年従事したことで、父は七十代で叙勲している。週末に、母と上京してきたが、皇居に行った翌日にはあわただしく帰り、医院を休むことはなかった。地域医療についていては、医師の高齢化が進み、廃業する医院も多いという記事と共に、その高齢の医師の例として、八十代初めの父の診察中の写真が新聞に掲載されたこともあった。父が単純にこれらのことを指して、オヤジさんとの比較を考えろ、と私にいっているとは思えない。それではいったい何を私に問うているのだろう。

「年齢、ということを考えると、越えた、といえるのかしら。おじいさんは七十代で引退して、八十二歳で亡くなったし……」

私は、あやふやな返事をした。

「ふむ……」

父は黙って腕組みして、ガラス窓の向うの暗い海を見、かすかに、唇の端をゆがめた。

「わしは八十九歳で、まだ現役の医者だからな」

父はいった。そして、腕をのばし、テーブルの上を右手の人差し指でトントンと叩いた。

父はもっとはっきりと、私に、

「おじいさんを越えた」

といってほしかったのだろうか。が、私はあやふやな返事しかできなかった。

この質問は、私を大いにとまどわせた。なぜなら父は、この後も、夕食でビールをのんだ時などに、何度も訊ねてきたからだ。そのたびに、私は困惑し、返事に窮した。

父は祖父を、ライヴァルとして見ていたのだろうか。それは今も、私にはよく分らない。父のいう「越える」、といういみも、よく分らない。私は、それまで父を、自分の父、としてしか見ていなかった。ところが父は「明治生れのオヤジさん」の息子でもあるのだ。明治生れのオヤジさんの息子は、九十歳近くになっても、やはり、息子なのだ。

「わしはオヤジさんを越えたかな」

それは私に、ではなく、息子としての父の、自分自身への問い、だったのだろうか。それなら父はその問いにどう答え、結論を出したのだろう。あるいはそれは、答えのない永遠の問い、でありつづけたのだろうか。

2

父の書斎を整理していると、数冊のノートが見つかった。Ｂ５判のノートで、そこには、ていねいに切りぬかれた新聞記事が糊で張りつけてあり、ノートはぶあつくふくらんでいた。新聞記事の張っていないページには、自筆のメモが書きこまれている。

何の目的で、父がこんなメモを書いていたのかは、よく分らない。医師会の理事とか顧問とか、老人ホーム入所の判定委員とか、その他の委員などの履歴、高齢になりやめたいのにすぐにはやめさせてもらえないことの愚痴などが書いてあり、そうかと思うと祖父の選挙の時のこと、学位を取得する時の研究についてのメモ、さらには医院を開業するまでのいきさつなども書いてあった。

新聞記事の日付けから推測してみると、父は八十代になってからこのノートを作ったようだから、それまでの人生を書きとめておこうと思ったのだろうか。二十代のころに同人誌を作り、友人との交友録を書いていた父だから、また文章が書きたくなったのかもしれない。

父が切りぬいていた新聞記事のほとんどは、医療に関するものであった。

主なものを書き出してみると、

「心筋救う新治療法　米テキサス大グループ、タンパク質を特定」（平成十六年十一月二十五日、徳島新聞）

「生体肝移植無事に終了」（平成十六年十一月二十七日、徳島新聞）

「高度医療の対象拡大」（平成十六年十二月四日、徳島新聞）

「誤診で手術　子宮内感染」（平成十六年十二月二十二日、毎日新聞）

「個人情報保護法来月施行『患者本位』実現なるか」（平成十七年三月六日、毎日新聞）

「受精卵診断3人が出産　神戸の○○病院　流産予防で国内初」（平成十七年六月十七日、徳島新聞）

「C型肝炎　培養成功　東京の研究チーム」（平成十七年六月十四日、毎日新聞）
「処置ミスで患者死亡　○○病院」（平成十七年七月五日、毎日新聞）
「体重維持で高血圧予防」（平成十五年十月二十七日、徳島新聞）
「筋ジス治療に合成DNA　○○大効果確認副作用なし」（平成十五年十二月四日、徳島新聞）

この他、囲碁の対戦問題と解答の記事も几帳面に切りとられてノートに張ってあり、さらに、阿波の歴史に関する連載記事もあったが、私の目を引いたのは、天体に関する切りぬきである。

「木星、月、金星一列に　県内でも観測」（平成十六年十一月十日、徳島新聞）
「新タイプの惑星　すばる望遠鏡で発見」（平成十七年七月一日、毎日新聞）
「太陽系に十番目の惑星　NASA発表」（平成十七年七月三十日、徳島新聞）

これらの記事の他、平成十七年、五月二十八日の毎日新聞は、

「火球、撮った」

という記事を載せていて、それも父はきちんと切りぬいて張ってあった。

父の切りぬき記事によると、

「関東から九州にかけて二十六日夜、『火の玉を見た』などの目撃情報が、各地の気象台などに寄せられた。大気圏に突入したいん石と見られ、名古屋大太陽地球環境研究所（藤井良一所長）が滋賀県甲賀市に設置した高感度カメラで撮影に成功した」

とあって、火球の写真も掲載されている。

私も何年か前、自宅附近を散歩中に、大きな星が歩道橋の上の空に落下してくるのを目撃して、翌日の新聞でそれが火球であることを確認し、切りぬいておいたことがある。私が見た火球は桜の咲く頃で、父の見た火球とは同じものではなかったが、天体に関する記事を、つい切りぬいておく、という癖は共通していて、私には妙におかしかった。

「海と空しかない」と、父がぼやいていたように、父の医院のあった町は広々と空が展けて、夜には圧倒されるほど多くの星がくっきりと見え、散歩していると、どうしても視線は星々に向く、ということになる。

父はたぶん、散歩中この火球を見、翌日の新聞記事を確認して切りぬいておいたのだろう。よく散歩するようになった父は、濃い闇の中に、ぎっしりつまった星を見るという愉しみを持つようになって、こんな田舎に来てしまった、という不満を解消していたのだろう。亡くなる何年か前は、もうあまり散歩をしなくなっていたものの、やはり時には、土手や入江や葦原の残る湿地のあたりを散策し、川や海にかかるもやとか山ぎわが濃くなってゆくさまとか、もの音ひとつしない湿地の静けさを堪能していたのだろう。

私が小学生や中学生だった頃、この町の海辺や川や山や野原や田圃で心ゆくまで遊んだように、父も晩年にはこの町の風景を心ゆくまで愉しみ、潮の香のする大気をその肺腑いっぱいにとりこんでいたのだ。

父が八十九歳で亡くなる前年の、秋のある朝、患者さんから電話がかかってきた。ちょうど父はいつものように白衣を着て、診察室へ行こうとしているところであった。住宅から診察室へ行くにはいつも入院室の方へ通じる廊下をぐるりと回ってゆく。私が、

「○○さんが、いつもの胃腸の薬をお願いしますとのことです」

と取り次ぐと、父は、

「○○さんね、はい、胃腸の薬ね」

といって、やや緊張した表情をし、少し寒いのか、肩をすくめるようにして廊下を歩いていった。

その時、久しぶりに、私は父が手を後ろ手に組んで歩いているのを見た。

昭和三十二年夏、私の前に現われた父も　勤務先の病院に出かける時、左手に鞄を下げ、右手を後ろ手にからませるように組んで、やや前かがみで夏の朝の光の中を歩いていた。

手を後ろ手に組む歩き方は六歳の私の目に焼きついた。

その後も、この町にきたばかりの頃、歩いて往診に行く時とか、祖父の、橘湾の家に行くために駅に向う時などに、私は手を後ろ手に組んで歩く姿をたびたび目撃して、あれは父の癖なのだ、と思っていた。父が年をとるにつれ、あまりその癖も見なくなっていたのだが、その朝の父はどういうわけか手を後ろ手に組んでいた。

歩く速度がおち、歩きにくいのではないか、と思うのだが、父はその歩き方で、ひとり、誰もいない診察室の方へと向っていった。

これからカルテを出して、調子のわるい輪転機と格闘しながら薬を作るのである。

その歩き方は、決して「行進」には向かない歩き方だ。速度は遅く、ひとり、何か考えごとをしながら歩くことに向いている。

皆と一緒に「行進」などするものか。

誰かに手を引っぱられるのもイヤだ。

わしはわしのやり方を、生涯貫くのだ。

父の後ろ姿は、そう主張しているように見えた。後ろ手に手を組んだ父は、そのまま廊下を曲り、私の視界から消えていった。

あとがき

父が亡くなってしばらくすると、父のことを書きたいという思いが猛然と湧き上ってきました。父が遺した自伝めいたメモは、私に書くことを促しているようにも思えたのです。

私の祖父は、明治生れの、強力な家父長でしたが、息子である父は幼い時に母を亡くし、青年時代には戦争に巻きこまれ、九死に一生を得て帰還しました。明治生れの祖父の、「その次の時代」を生きた父は、つねに苛立ち、かんしゃくばかり起していました。父は小さな町の平凡な開業医でしたが、私には父の煩悶がよく分らなかったのです。

父、という謎を解きあかしたいと思ってこの作品を書きはじめたのですが、書き終えてみると、謎はやはり謎のまま残っています。

そして今は、父へのなつかしさ、を感じています。

この作品を書くにあたっては、父の幼なじみであり、親友であった吉田稘さんがいろいろな資料を見せて下さり、電話や手紙でも多くをご教示下さいました。父の友人であり、私の師であった故林富士馬先生の御著書からは、たくさんのことを教えていただきました。また、生前のお話もなつかしく思い出されます。庄野潤三さんの御著書『文学交友録』からは、多くを引用させていただきました。

同人誌『まほろば』と、『まほろば』にかかわった文学者たちのことを教えて下さったのは、詩人の牧野徑太郎さんでした。

秋田滞在中に書き上げたこの原稿を、最初に読んで下さったのは地元の「無明舎出版」の安倍甲さんで、いろいろなアドバイスをいただき、勇気づけられました。

本の出版に際しては、今回も「れんが書房新社」の鈴木誠さんにご尽力いただきました。深く、ていねいに読んで下さったことに改めて感謝いたします。皆様のお力添えなくしては、この本を上梓することはできなかったでしょう。お世話になったすべての皆様に、心より御礼申し上げます。

この本を故林富士馬先生と亡き父に捧げます。

殿谷みな子

平成二十一年　早春

【参考資料一覧】

『阿波誌』笠井藍水和訳・佐野之憲編、歴史図書社、昭和五十一年
『徳島県百科事典』徳島新聞社発行、昭和五十六年
『鷲敷町史』鷲敷町発行、昭和五十六年
『南羇漫詠』高木眞蔵（萬伎乃舎宗矩）、徳島県国府町・小熊氏所蔵
『徳島県の歴史』福井好行、山川出版社、昭和五十七年
『電話七十五年のあゆみ』日本電信電話公社発行、昭和四十年
『日本医科大学八十周年記念誌』日本医科大学発行、昭和五十八年
『戦場のボレロ』（上中下）牧野徑太郎、龍書房、平成十年
『林富士馬評論文学全集』勉誠社、平成七年
『文学交友録』庄野潤三、新潮文庫、平成十一年
『庄野潤三全集』第一巻　講談社、昭和四十八年
『私の遍歴時代』（『三島由紀夫評論全集』第二巻）三島由紀夫、新潮社、平成元年
『中野区の三十年』中野区役所発行、昭和三十七年
『日和佐町史』日和佐町発行、昭和五十九年
『お遍路』高群逸枝、中公文庫、昭和六十二年
『新現実　新年号　林富士馬追悼号』平成十四年
『空海の風景』上下　司馬遼太郎、中公文庫、平成十三年
『街道をゆく32　阿波紀行・紀ノ川流域』司馬遼太郎、朝日文芸文庫、平成五年

殿谷みな子（とのがい・みなこ）

1951年３月３日、徳島県生れ。武蔵大学人文学部修士課程修了。

大学在学中に書いた小説が、檀一雄、林富士馬らの同人誌『ポリタイア』に掲載され、1977年に処女小説集『求婚者の夜』をれんが書房新社より上梓。1979年、同書が早川書房で文庫化されたのを機に『SFマガジン』を舞台に多くの短編を発表。

著　書『求婚者の夜』（1977、れんが書房新社。1989、早川文庫）、『新お伽噺』（1982、早川書房）、『春はタイムマシンに乗って』（1986、早川書房）、『アローン・トゥギャザー』（1989、集英社文庫）、『飯喰わぬ女』（1990、れんが書房新社）、『鬼の腕』（1999、れんが書房新社）、『着地点』（2003、れんが書房新社）他。

私の祖父の息子

発　行＊2009年５月15日

＊

著　者＊殿谷みな子

装丁者＊狭山トオル

発行者＊鈴木　誠

発行所＊㈱れんが書房新社

〒160-0008　東京都新宿区三栄町10　日鉄四谷コーポ106

TEL03-3358-7531　FAX03-3358-7532　振替00170-4-130349

印刷・製本＊モリモト印刷

 ISBN978-4-8462-0347-4　C0093

◆小説

着地点　殿谷みな子　四六判上製　一八〇〇円

鬼の腕　殿谷みな子作品集　四六判上製　二〇〇〇円

飯喰わぬ女　殿谷みな子作品集　四六判上製　一八〇〇円

タジキスタン狂詩曲　白井愛作品集　四六判上製　二二〇〇円

狼の死　白井愛作品集　四六判上製　二〇〇〇円

鶴　白井愛作品集　四六判上製　一八〇〇円

◆戯曲

いとこ同志　坂手洋二　四六判上製　一三〇〇円

最後の一人までが全体である＋ブラインド・タッチ　坂手洋二　四六判上製　二二〇〇円

メイエルホリドな、余りにメイエルホリドな　伊藤俊也　四六判上製　一二〇〇円

牡丹のゆくへ　武田一度　四六判上製　二三〇〇円

花降る日へ　郭宝崑／佐藤信 他訳　四六判並製　一七〇〇円

コルテス戯曲選　石井惠・佐伯隆幸訳　四六判並製　一六〇〇円

＊表示価格は本書刊行時点の本体価格です。